东野圭吾作品

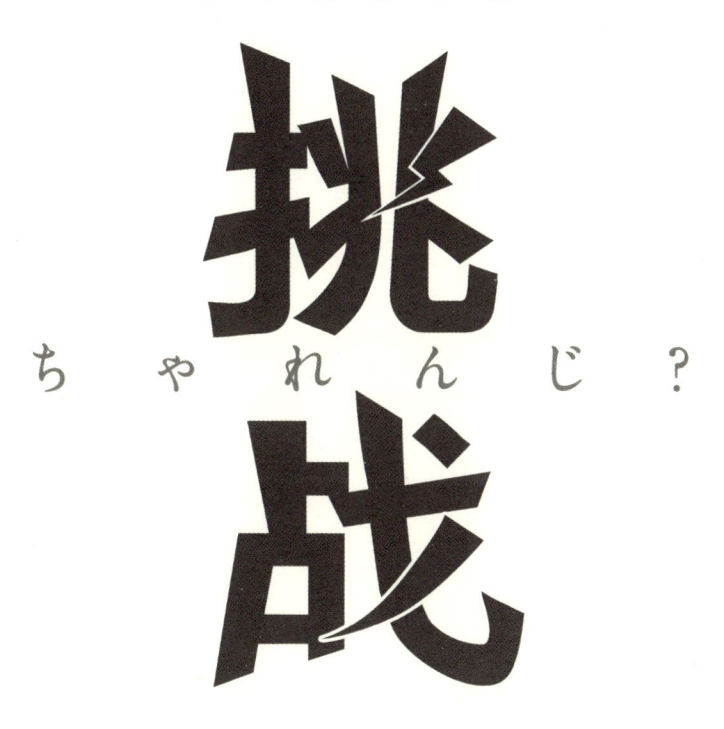

挑战

ちゃれんじ？

〔日〕**东野圭吾** 著

曹艺 译

上海文艺出版社

图书在版编目(CIP)数据

挑战/(日)东野圭吾著;曹艺译
.—上海:上海文艺出版社,2019
(东野圭吾作品)
ISBN 978-7-5321-7272-6

Ⅰ.①挑… Ⅱ.①东… ②曹… Ⅲ.①随笔-作品集-日本-现代 Ⅳ.①I313.65

中国版本图书馆 CIP 数据核字(2019)第 142654 号

CHALLENGE?

© KEIGO HIGASHINO 2004
Originally published in Japan in 2004 by Jitsugyo no Nihon Sha，Ltd.
Chinese (Simplified Character only) translation rights arranged with Jitsugyo no Nihon Sha，Ltd. through TOHAN CORPORATION，TOKYO.

著作权合同登记号　图字:09-2019-572

总　策　划:黄育海
责任编辑:崔　莉
特约策划:王皎娇　胡晓明
装帧设计:钱　珺

挑　战

〔日〕东野圭吾　著
曹艺　译

上海文艺出版社出版、发行
地址:上海绍兴路 74 号
电子信箱:cslcm@public1.sta.net.cn
网址:www.slcm.com
新华书店经销　上海利丰雅高印刷有限公司印刷
开本 890×1240　1/32　印张 6.125　字数 107,000
2020 年 1 月第 1 版　2020 年 1 月第 1 次印刷
ISBN 978-7-5321-7272-6/I·5789　定价:42.00 元

目录

○

大叔滑雪客诞生始末
001

大叔滑手奋斗中
010

世界杯观战
019

SSAWS 之恋
028

大叔滑手倒计时开始
039

大叔滑手开始活动
049

新本格派滑雪旅行
058

大叔滑手奋斗不止
064

小说《大叔滑手》
075

接下来是高尔夫？
090

我去了月山！
097

冰壶挺带劲，大意要人命！
106

从打基础做起
115

阪神虎队夺冠有感
122

我去看了《湖边杀人事件》！
131

万事俱备，只欠雪
139

日思夜想的第一次
146

大叔滑手谈得失
154

差不多就这些了
161

大叔滑手凶杀案
171

大叔滑雪客诞生始末

我决定涉足单板滑雪运动——准确地说,已经在学了。说起来,走到这一步,过程还挺漫长的。

单板滑雪始于20世纪60年代,发源地是美国的密歇根州,一度是比较小众的运动。我在读高中和上大学时,经常去玩双板滑雪,其间只见过一次单板。当时见到的那玩意儿和现在的单板完全不同,和地面上玩的滑板差不多大,也没有固定脚的装置,一群年轻人玩得正欢,我猜想那大概是他们自制的。

我第一次正儿八经地领略单板滑雪是在银幕上。电影《007之雷霆杀机》的片头,大名鼎鼎的詹姆斯·邦德驾驶雪地摩托奋力摆脱敌人追捕。中途雪地摩托被毁,四分五裂,邦德竟然跃上一条从摩托上脱落的雪橇,冲浪一般地在雪地上滑行。背景音乐是"沙滩男孩"乐队作品的翻唱。这一幕的替身演员无疑是职业滑手。我内心受到强烈震撼,心想世上还有这等高人呀。

然而,此后很长一段时间,我都没有把单板滑雪放在心上。参加工作后,我连玩双板滑雪的次数都少了。偶尔听到双板滑雪客的抱怨,说现在玩单板的越来越多,碍手碍脚烦死人，当时听了也没什么切身感受。后来单板的人气渐长，说是玩家的人数要反超双板，我就不淡定了，脑子里浮现出雪地中邦德的飒爽英姿，心想将来一定要玩一把单板滑雪。

话说回来，凡事总有限度。现在流行"年龄不是问题"，可我想自己一个年近不惑的大叔，玩单板有些勉强吧。就这样，跃跃欲试的冲动渐渐淡薄了。

不料命运弄人（这么说有些夸张）。一天夜里，我在银座喝酒，邻桌忽然跟我搭话。这位似乎比我年长的男士，竟然是《单板滑手》杂志的总编。之所以跟我搭话，是因为当时我的一部新作品定在他们出版社出版。（顺便给自己打个广告，这部作品就是悬疑小说《湖畔》。）

总编感谢我在他们出版社出书，我且听且附和，脑子里忽然闪过一个念头：这是我最后的机会了吧？便试着对M总编说自己想挑战单板滑雪。M有些醉了，随口应承：行啊，下次约上您。

得来全不费工夫，倒让我忐忑了——到时候给我来一句"酒桌上的话当真不得"，那还得了。我当即决定，这事得落实。

"我是认真的，不是喝高了瞎说。您一定要来约我，可别想蒙混过去。"

我心里想着过这个村就没这个店了，口气不免带些威胁。醉眼蒙眬的 M 见状，正色道：

"我这也是真心邀请您。为了表示诚意，我送您一块新的滑雪板。"

"哎？此话当真？"

当时的我肯定是眉开眼笑了。"送您"两个字，我最爱听了。

当晚我们就此作别。说实话，我心里还是不踏实：当面谈得挺好，最后该不会是一场玩笑吧？不料几天后，滑雪板真的送来了。我吃了一惊，同时接到了 T 女士（负责《湖畔》的编辑）的电话。

"我听 M 说您要挑战单板滑雪。等您写完《湖畔》，咱们来一次滑雪旅行吧，就当庆功。"说来也巧，这个 T 女士是 M 总编的旧部，据说参加过单板滑雪的集训，身手相当了得。

自从那天起，我就像一头鼻子前吊挂着香蕉的大象，全身心地投入小说创作中去。其他出版社对我的举动表示惊讶："您都忙成这样了，还有工夫写新作品？"个中门道就在于此。

初稿写成后，我也无心听 T 女士的读后感，催促道："那件事，有什么说法吗？"

"M 也挺期待的。初步定在 3 月份。"

我沉吟半晌。再拖拉下去，这个滑雪季能滑上一次就不错了。我问 T 女士《湖畔》的清样什么时候出来，答曰："2 月 27 日。"

"您觉得 28 日如何？"

"啊？第二天？" T 大惊。

"再磨蹭，雪就没了。事不宜迟啊。"

大概是精诚所至，T 女士重重地点了点头："那时间就初步定下来吧。"

计划逐渐成形，我的心情就像春游前的小学生，到处宣扬我要挑战单板滑雪，亲朋好友都知道了。我本以为会收获大家的艳羡，结果让我大跌眼镜——来自朋友的是一边倒的威胁和恐吓。

"一把年纪还玩单板滑雪，你牛！我认识的一个女孩子，直接把腰给摔断了。"

"滑雪场抬上救护车的人里头，玩单板的比玩双板的多得多哟。"

"听说单板很容易摔，这一点跟双板没法比。"

"我听说有人摔的姿势不好，被滑雪板的边刃削破了脑袋。"

家人得知我要进军单板滑雪，第一反应是：你又心血来潮了？

家姐说:"都这把年纪了还从零开始,我看过多少年也成不了。"

姐夫说:"干吗自讨苦吃呢?优雅地钓钓鱼不好吗?"

老母说:"你说什么来着?什么板?"

再看出版社的编辑们,他们内心自然是反对的,看表情就知道了。

某出版社的编辑说:"您千万别受伤。一定要保护好手指和手。真要受伤,也请在交稿后再受伤。"

不过,最终所有人都对我表示声援:"既然要做,那就努力去做。"为我送上不甚走心的助威。

终于到了初次挑战的那一天,目的地是 GALA 汤泽滑雪场。同行的有 T 女士以及她的上司、实业之日本社旗下小说杂志《J-novel》的 S 总编。《湖畔》在此前一天顺利出了清样,两人的表情那叫一个开朗。我四十四岁,S 总编比我小一岁,T 女士的年龄按下不表,总之我们三人的年龄总和超过一百二十岁。恐怕在今天的滑雪场上,我们这个三人小团体绝对是平均年龄最大的一伙。

这个 GALA 汤泽滑雪场,各位或许都知道,下了新干线就是。我们取了事先寄来的行李,去更衣室打理好行头,等着坐上吊厢缆车。我从 M 总编那里只获得一块滑雪板,别的装备都是在御茶水一家知名运动用品商店购置的——来店的顾客当中，我的年纪显然是最大的。

抵达滑雪场后，课程马上开始，准备运动主要是拉伸。指导我的是铃木教练，二十八岁，很帅。"他的迷妹一定不少"，我暗忖。

铃木教练首先讲解滑雪板的穿卸方法、正确的摔倒姿势以及滑雪场的规章制度。这部分跟双板滑雪一样。接下来练习单脚蹬地前进，称作"skating"，然后是徒步上坡的方法。说实话，skating和徒步上坡很是累人，毫不夸张地说，光是这两项练习，就耗费了我的六成体力。

匆匆做了一些基本的练习，铃木教练提议乘坐吊椅上坡去。这就要上坡滑雪呀？我觉得操之过急，不过徒步上坡真心累，便满口答应。吊椅是双人座，我和铃木教练同乘一台。途中他问我年龄，我如实回答，他一时语塞，进而安慰我说："没事，没问题的。"心中或许在想，怎么摊上这么一个人。

下了吊椅，就是正儿八经的滑雪练习了。练习的内容恕不详述，简而言之就是滑、拐弯、停住。我和S总编老是摔，起步时摔，拐弯时摔，停稳之前也摔，心想要往这边摔了，它却往另一边摔。话说回来，摔得真开心。四十四岁和四十三岁的两个大叔，雪地里摔得一身白，要多有趣有多有趣。再看T女士，滑得那叫一个行云流水，时不时停下看看我俩。我和S总编眼下的目标就是T女士。

毫无疑问，这是我有生以来摔得最多的一天

两个小时的课程结束，我也学会转向了，连我自己都没想到。

"我滑我滑我滑滑滑，我拐我拐我拐拐拐，像模像样的嘛，有模有样的嘛，瞧一瞧看一看，大叔我也玩单板啦！"

以上是我内心的欢呼。

迟来的M总编端着相机拍照，对我说："第一次就能滑出这水平，厉害。"（我可没迟钝到听不出他是在拍我的马屁。）

一直滑到傍晚。大汗淋漓，筋疲力尽，随后泡温泉，做拉伸，爽得我几乎要晕过去。晚餐后，我应M之邀外出闲逛，喝着兑水威士忌，欣赏M白天为我拍摄的录像——尽是我摔倒的画面，偶尔也在滑，拐个弯什么的。

我的脑海中，又一次浮现出邦德的飒爽英姿——我什么时候才能像他那样滑雪呀？会有那一天吗？不想这么多了，反正这第一步是迈出去了。

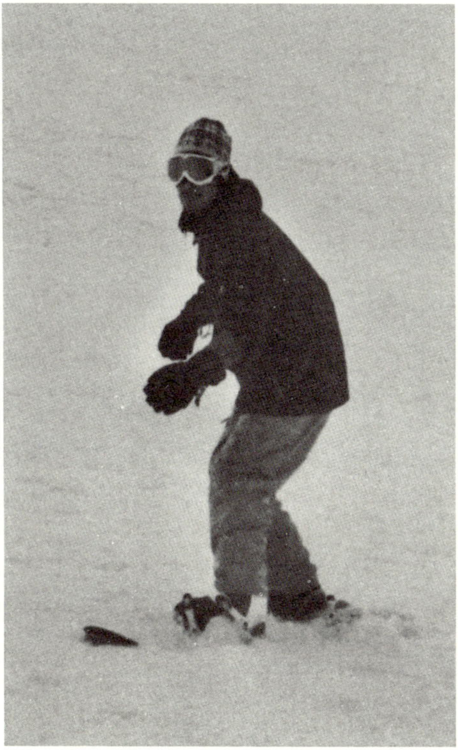

大叔滑手奋斗中

　　总而言之，我的心思都在单板滑雪上了。受人之托，我得把随笔写下去，各位可别嫌我烦。插一句，上回的题目是《大叔滑雪客诞生始末》，《单板滑手》杂志的总编 M 对此提了意见：

　　"大叔滑雪客的称谓不好，要说'滑手'。"

　　原来如此。还是有很多讲究的嘛。我一介新手，前辈的话必须听，所以这一回开始，我自称"大叔滑手"。

　　我在 GALA 汤泽滑雪场第一次体验了单板滑雪，浑身酸痛。不适感退去之后，我再也按捺不住想滑雪的心情。现在已经是 3 月，再磨蹭下去，这个滑雪季可就结束了。情急之下，我决定赶紧去水上高原滑雪场。为什么选择水上高原？没什么特别的理由。其实我在去 GALA 汤泽滑雪场之前，就有人邀请我去水上高原了。很久没玩滑雪，什么地方有怎样的滑雪场，我一无所知。

　　我预订了滑雪场的酒店，距离入住还有几天（还得等这么多天呀），便给 T 女士打了电话：

　　"听说 SSAWS 滑雪场[1]9 月份要停业了。停业前去滑几

1　"SSAWS" 即 "Spring Summer Autumn Winter in Snow" 首字母的组合，意指提供一年四季的滑雪服务。这家滑雪场位于东京附近的千叶，1993 年开业，是当时世界上最大的室内滑雪场。

次吧？"

"好呀。随叫随到。"

T女士多年没碰单板，兴致很高。她去约S总编，S说哪怕是调整开会的时间也要去。一百二十岁三人组，元气满满！说一说SSAWS滑雪场，它是世界最大的室内滑雪场，位于千叶县。出于各种各样的原因，将于年内遗憾停业。

我和T女士碰头，开我的车去了SSAWS。到达时，S总编已经在滑雪场前等我们了。见他整装完毕，连滑雪鞋、针织帽都穿戴好了。这份热情来自哪里呢？他在工作岗位上是否也这般激情四射？听他说，他这次自掏腰包购置了滑雪板和固定器，但滑雪鞋是别人送的（买一双不行吗），滑雪服是借的（买一套不行吗）。

见面匆匆打了招呼，我们走进SSAWS。当时是工作日的上午，我们本以为会很空，没想到满满的人，都是高中生打扮。我们仨面面相觑。

原来是高中放了春假，学生们无事可干，便蜂拥而至，来玩滑雪。"一百二十岁三人组"混迹于高中生之中，一般来说处境相当困苦，但是我们并不在意，毕竟上回在GALA已经受了一番磨炼。我们一边滑一边回想上回滑雪课的内容。两个小时后，S总编因为工作关系不得不提早走。

"哎呀，真遗憾。"

我嘴上这么说，心里是窃喜的：嘿嘿嘿，这样一来我就能多练一会儿，跟你拉开差距咯！S总编幽怨地瞥了我一眼，离开滑雪场。

此后，我和T女士一同滑到单板时段结束（SSAWS分单板时段和双板时段），玩命地滑。要说有多玩命——事后T女士告诉我，第二天起床时，发现自己的下半身大变样，赶紧贴上好多舒筋活络的膏药。

我在SSAWS复习滑雪课的内容，两天后就出现在水上高原滑雪场。这事S总编不知道，我也让T女士保密了。彻头彻尾的开小灶。

我有一点失策。在水上高原滑雪场，亲子滑雪客比较多。要说有什么问题，那就是玩双板的人远远超过玩单板的。处处可见双板滑雪的夫妇俩教孩子。大人的年龄和我相仿，显然他们不是玩单板滑雪长大的一代。

我观察着他们，越看越别扭。在我看来，父母像是在给孩子洗脑，要把孩子培养成"双板派"。他们严密监视孩子的一举一动，生怕孩子的心思跑到单板上去。因为一旦孩子沦为"单板派"，那么父母的如意算盘就落空了——不能借助双板彰显自身的伟大，更不能将来与孩子共享双板之乐……总之绝不让孩子落在可恶的"单板派"手里！莫非是我的心理太阴暗了？

算了，管不了那么多。总之水上高原就是玩双板的多，感觉就连滑雪场本身也是为双板量身定做的，所以滑得也就不是那么尽兴。话说回来，将出发前塞进脑袋的理论付诸实践的机会还是十分充分的。所谓的理论，是从《单板滑手》杂志和《单板滑雪五天超快速成》（实业之日本社）上学来的。尤其是《单板滑雪五天超快速成》这本书，十分厉害。照着书练，不出五天，应该就能熟练驾驭U型池和跳跃技巧。日后我找到这本书的负责人M，在我的质问之下，他很快招供了："那是骗人的。区区五天，怎么可能掌握那些技巧。哈哈哈……"答得倒是理直气壮啊。不过，他的回答倒也在我的意料之中，所以我不气也不恼。

　　两周后，我把在水上高原的秘密练习告诉了S总编，见他眼角上挑，向我抗议：

　　"啊——不带这么玩的！你这不是耍赖嘛，光自己练，真龌龊啊。有没有搞错！"

　　我一心以为他会付之一笑的，没想到遭到他疯狂白眼。四十好几的大男人，就因为我多练了一回，就懊恼到这般地步，至于吗？从另一个角度看，他也入迷了。

　　估计是急红眼了，S总编命令T女士策划第二次滑雪之旅。任务艰巨啊！眼下已经是4月，积雪越来越少，有的滑雪场甚至已经关门歇业。T女士一番斟酌，最终决定去神乐田代滑雪场。那一带海拔高，能滑到五一黄金周呢。

住宿定在苗场王子大饭店。从这个滑雪季起，苗场和田代两地之间架了一条长度极其夸张的"龙缆车"（DRAGONDOLA）。乘坐这条缆车也是我们此行的盼头之一。

说一个题外话。我在出发前无论如何要准备一样东西——新的滑雪服。你也许会问我：不是刚买了么？其实是有深层次原因的。说实话，我是个极度怕热的人，还非常容易出汗。上次去汤泽，我在滑雪服里面只穿了一件T恤，就这样还热得浑身湿透了。春天玩滑雪，更是需要薄款的滑雪服。

我去了运动用品商店林立的神田。不出所料，出售冬季运动商品的柜台已经大幅萎缩，我还是找到一家甩卖单板滑雪用品的店，一进门就向导购妹子要最薄的滑雪服。

"您要超薄的？"

"嗯，要那种不热的。"

导购听了我的解释，热心地帮我寻找起来（她似乎挺闲的），最后向我推荐了一款布料很薄而且不带风帽的。

"不带风帽，旁人看着就觉得凉快。"

"唔——"

我穿上，果然凉快。旁人感觉如何与我无关，心平则气和，便买下了。

万事俱备，马上出发。我们三人乘 S 总编驾驶的车辆，第一个目的地是苗场。网上显示此时苗场滑雪场的积雪有一百一十厘米厚。不料我们到达之后，跃入眼帘的竟然是这样的一幕——乌黑的地面上，肮脏的积雪斑斑驳驳。个别雪况极差的地方，我们竟然看到了草坪和水坑障碍——这是高尔夫球场么？原计划在苗场也滑上一遭的，现在完全没想法了。

"什么玩意儿嘛。这哪是滑雪场呀。"

"好像只有前往龙缆车的那段路程有积雪。"T 女士说。

于是我们驱车直奔田代滑雪场。在田代，乘坐索道往上升，眼前银装素裹的大地让我们惊叹：都 4 月份了，还有这样的地方。

废话少说，赶紧开始。很可惜，田代的坡度比较平缓。即便是我等初学者，也能顺畅滑行，几乎没有摔倒过。三人一致认为这样不行，当即启程前往神乐。从田代到神乐，又是乘吊椅又是在林间小径滑行，路途之长，令人有些厌烦。说是滑行，其实也就是沿着道路笔直前行，斜坡平缓，以至于速度慢下来，不免焦躁。不比双板滑雪可以依赖雪杖，单板如果中途停下，那就真的一点办法也没有了。

事实上，S 总编屡屡落后，他说半道上会停住。我往往是在他后头出发的，却经常反超他。两人的体重差别有一定影响，关键是他的滑雪板不够滑。为什么呢？第二天早上给滑雪板打蜡的时候我明白了：他怕麻烦，蜡没好好打，甚至有一种"不就是往死里抹吗？"的不良倾向。他倒是自以为手艺不错呢。

神乐滑雪场向我们呈现的是一片完美的雪地：地形起伏丰富，坡度也够。我们爽爽地滑了几轮后，稍事休息。去餐厅必须滑另一条道，这条道可不得了，斜坡上满是鼓鼓的雪丘，个个都齐腰高，令其他滑手畏葸不前，却让我肾上腺素飙升，将驻足观望的T女士和S总编置之脑后，朝林立的雪丘猛冲过去——我腾空而起，摔倒，站起来继续滑，拐弯，被雪丘撞飞，摔倒后连续翻滚……总之就是一系列动作的循环反复。几分钟之后，我成功抵达餐厅。他俩落后许多，姗姗来迟。

"哎哟，那么多雪丘，可真折腾人。"

"东野先生，您吓了我们一大跳。二话不说，一个猛子就栽下去了。"

"话说那是条什么道呀？"

我们查了查T女士带来的地图，大吃一惊：我们滑下来（倒不如说是滚下来）的这条道上，标着"猫跳滑道"字样。

"猫跳？不会吧。这不是里谷多英滑的路线吗？"

三人大笑。这难度可太大了啊。这时我心里有了一个目

春天玩单板，让我有了一种成见：滑雪＝很热的运动。八个月后，我才有了新的认识：滑雪其实很冷

标。如果能够攻克如此高难度的滑道，那该有多棒啊。瞧好了，总有一天我能做到的！

当晚我们住在苗场，第二天总算是坐上了"龙缆车"，全程约十五分钟。好一个龙缆车，简直逆天了。眼看它顺着山坡往上升，转眼又往下坠，幅度之大不亚于过山车。我心想有恐高症的人这下惨了，忽然发觉邻座的S总编僵在那儿一动不动。

这一天主要在神乐滑雪。大概是气温比较高的缘故，积雪松松垮垮的。话说回来，有雪就不错了。而且因为时间是周一上午，人非常少，可以放开了滑。当然，不好的地方也是有的——处处可见停运的吊椅缆车。我们担心起来：这还回不回得了苗场啊？

三人滑到下午，又乘"龙缆车"回到苗场，换了衣服坐上车。并非回东京，而是去田代泡温泉，用温泉水疗治疲劳的身体。这时当然少不了啤酒，问题来了——S总编是驾驶员。

"哎呀，真不好意思。那么东野先生，我们干杯。"

T女士说完举起大扎啤杯，脸上洋溢着幸福的笑容。我也举杯相碰。我和T女士面前有关东煮，有盐煮毛豆。S总编举起的杯子里装的是乌龙茶，面前一碗油豆腐乌冬面。

啤酒滋润着干渴的喉咙。我心想：可别在回程的车上睡着了。

世界杯观战

2002年世界杯的举办权花落日本,说实话,当时我的内心是反感的。因为随之而来的,必然有铺张浪费,乱花纳税人的钱,到处建设一些将来利用率极低的体育场馆,来路不明的外国球迷纷至沓来,当中个别人赛后非法滞留日本——总之满脑子都是阴暗面。

然而开赛后,事情没我预想的那么坏。外国球迷温顺和善,足球流氓也没抛头露面。仔细想想,日本获得举办权时的状况和眼下的状况相比较,各方面都变了。要我说,没人会花高昂的路费跑去一个远东的岛国仅仅为了制造骚乱,也没人会动非法滞留的心思——日本这个地方一没有魅力,二找不到工作。

至于铺张浪费,乱花纳税人的钱,这一点应该是没有出乎我的意料。日本最不缺"老狐狸",压根儿对足球没兴趣,却总想着趁机捞一把。有人挣钱就意味着有人亏钱,那么谁亏了钱呢?这件事我很在意。我担心,最终遭殃的,还是那些真心爱足球的日本球迷。

别说我开篇就散播一通负能量,其实是有原因的。我写这篇稿子的时候,正是世界杯决赛一周后。正所谓狂欢之后的落寞，我的情绪也比较低落。回顾过去的一个月，我不禁要问：世界杯到底是什么嘛。此时此刻的心情，宛如一个人仰望秋天的天空，追忆一段夏天的恋情。像我这样的人，不在少数吧？

说实话，世界杯开幕前，我不怎么关心它，也并非完全不想看。我对一切冠有体育运动之名的东西都感兴趣，也自以为比普通人懂得更多。而足球是我比较薄弱的一项。原因在哪里，我也不知道。想当年，日本职业足球联赛刚起步，为了多了解一点足球，我还订购过体育报纸和足球杂志。

所以在世界杯开赛之后，我以为自己只会看有日本队参加的比赛以及半决赛、决赛之类，从来没想过会亲涉赛场观战。观看半决赛和决赛的机会竟然落到了我身上，令我小小吃惊。

"走……走……走吧。错……错过这次机会，21世纪没机会在日本看……看世界杯了。去……去吧。死……死也要……去。"

打电话来的是某川书店的编辑E君，听语气相当兴奋。据我所知，他对足球也就是一知半解，然而票一拿到手，就成了这副样子。

"能去现场看球当然很感谢。拿人手短，是不是有什么条件呀？"

"瞧您说的,没什么大的条件。就是请您看看球,给我们写写稿子嘛。嘿嘿嘿……"

什么嘛,还不是来要稿子的,就这么回事。我表示理解,心中窃喜不已。众所周知,世界杯一票难求,如今我要去看半决赛和决赛,必然会成为小酒馆妹子的注目焦点。我马上行动,大摇大摆地驾临银座,说自己要去看世界杯了,心中暗暗期待收获大量艳羡的眼神——哪来什么艳羡的眼神,转眼间,我就被众妹子的口水淹没了。

"你对足球一窍不通,凭什么你去呀。"

"我费了好大劲都搞不到票,你倒好……"

"喂,你把票交出来,我替你去。"

"哎哎哎,你倒是拿出来啊,听见没有,把票掏出来!"

我感觉自己要被她们扒光了,落荒而逃。话说回来,她们的心情我理解。毕竟这次的票荒闹得太凶了。热心球迷再怎么努力搞票,结果都是竹篮打水一场空,很没道理。购票的手续既难懂又麻烦而且没效率,拜罗姆公司一副事不关己高高挂起的模样。日本政府直到事态乱得不可收拾,这才出手干预。

这么想来,球票落到我这样的人手里,简直是明珠暗投。为了不浪费宝贵的球票,我必须在比赛到来之前成为球迷。自从拿到票的那一天起,只要时间允许,我就在电视上看球赛，好多看不明白的地方，就去讨教好友驰星周。速成球迷也好，伪球迷也罢，总之我要大摇大摆地进场看球。

半决赛前，我看了十来场球。大家可能觉得没啥了不起，但就我个人而言，这个数字已经大大超过世界杯开赛前我计划看的场次了。只不过全是通过 BS 卫星电视和无线收看的。驰星周听了，奚落了我一番：

"外行了不是？看电视的话认准 Sky Perfec TV！[1]，里头有个疯子一样的解说员。"

我家用不了 Sky Perfec TV！，说了也白说。

四分之一决赛是巴西对阵英格兰，说实话，我支持英格兰。要是能在球场见到贝克汉姆本尊，又该收获多少艳羡的眼神呀，酒馆妹子必然对我好感度倍增（上次的苦头没吃够？）结果巴西胜出，半决赛对战土耳其。

半决赛的场地是埼玉体育馆，我开车去的，球场距离停车场太远太远了。到达球场后，又绕来绕去走了好多路，到处有安检，找到座位时已经相当疲劳了。这还不算，说是 6 月，可是好冷啊，就连怕热的我都穿着厚衣服。

说到埼玉体育馆，大家都担心它的草皮有没有问题。到场一看，挺好。从看台眺望，草坪修整得漂漂亮亮的，宛如

1　Sky Perfec TV! 是日本最大的收费电视品牌，由 Sky Perfec JAST 株式会社经营。

电脑动画的效果一般。在如潮水一般的欢呼呐喊声中，两队选手进场，画面真美。草坪和球服两相辉映，极具艺术感，让人产生打电子游戏的错觉。

当然，一切优雅止步于开球。一场肉体、精神、技术的较量开始了。清爽的球衣眨眼间因汗水湿透，被泥点弄脏。球员们追逐着足球，在每一个瞬间，发挥各自的经验，仰仗自身的本能，采取最佳的战法——这就好比棋盘博弈，有段位的高手瞬时想出几招，从中挑选最佳的一手。我等伪球迷无法参透球员们的深谋远虑，眼球一味地追逐着足球和双方球员，脑子根本跟不上，刚想要静下来思考一番，情况就已经发生了变化。如果是精通足球的人，大概能明白球员们每时每刻的意图吧。

依我看，足球的魅力就在于此（外行人还口气不小）。比赛的胜负自然由足球的走向决定，决定其走向的，当然是踢球的人。看不透他们的意图，也就说不上懂球。说回我自己，事到如今说什么也没用了，眼睛只顾着追逐来来往往的足球。不要紧，球场里除了我，对足球一知半解的人大有人在呢。比如邻座的大婶，上半场几乎都在用望远镜欣赏观众席上的其他球迷——"哎呀，A 坐在那儿呢。那 B 在哪儿呀？"我说大婶啊，你的票是怎么搞到的？

上半场零比零。土耳其队之英勇善战，就连我这个外行人都看得分明。他们今天的表现，跟之前和日本队比赛的时候相比，简直判若两队。以他们今天的发挥，日本队肯定会陷入一场更加艰苦的恶战。

百分之九十的日本人都在为巴西队助威，这让我心里有些抵触。因为巴西队是夺冠大热门，还是因为土耳其队赢了日本队？不得而知。只不过这比例有些太悬殊了。虽说支持哪支队是个人的自由，但眼下的比赛又不分主客场，观众一边倒的倾向让我觉得不公平。身穿巴西队服的人比比皆是，穿土耳其队服的人一个也没有，倒是有个家伙穿着贝克汉姆的球衣——早不穿晚不穿，偏偏这时候穿，脑子里想什么呢？而且发型是莫名其妙的板寸，突兀得很。

于是乎，天生偏袒弱者的我毅然站在了土耳其这边。土耳其队的球员以和日本人相近的体型对阵巴西，令我不由得想为他们助威。这才是人之常情嘛，对吧？

世事多磨难。下半场开始后不久，巴西队罗纳尔多攻入一球。我心想这下完了，但我立场坚定，初衷不改，更加偏袒起土耳其了。日本人有一种习性，便是如果双方的胜负不影响自身，那就支持弱小的一方。我眼睛追着球跑，心中呐喊道：加油啊光头！加油啊带辫子的！（谁是光头，谁是带辫子的，了解土耳其队的人应该知道。）

我看不懂了。巴西队明明已经领先，观众依然站在巴西队这一边，这算哪门子球迷啊。喂喂喂，大姐说你呐，别巴西队一进攻你就站起来好不好？看得我胸闷。

时间无视我的小情绪，一分一秒地过去，比赛终于画上句号。我不拿正眼看喜滋滋的巴西队球迷，悻悻地走出球场。没意思。回顾本场比赛，本身还挺有意思的，只不过是我声援的球队恰好输了。很荣幸，第一次现场看球就能欣赏到如此高水平的比赛。

四天后是决赛。巴西对阵德国，两队首次在世界杯决赛上交锋，比赛场所是横滨。说是有交通管制，要求在下午5点前进场。我提早出发，发现高速公路空空荡荡，比预想的时间还早到。接下来的三个半小时，我该干什么呢？

随后与驰星周、体育评论员金子达仁碰头，一同前往嘉宾会场。我品尝着啤酒和红酒，环顾四周，处处可见似曾相识的面孔——拉莫斯在，不出意料；TUBE乐队的前田亘辉在，他在这儿干吗；然后是读卖巨人棒球队的上原浩治和后藤孝志。前田和上原穿着巴西队的球衣，感觉不像是自己掏腰包买的，十有八九是赠送的。"送您球票。穿上这件球衣，支持我们吧"——大概就是这么个意思。后藤却穿着德国队的球衣，这又是为什么呢？

听着驰星周和金子达仁聊足球，我也秀了一把临时抱佛脚学来的足球小知识。不知不觉时间过去，比赛很快就要开始。果不其然,去球场要走好多路,意料之中,随身物品都要检查。

这次的座位堪称豪华。具体怎么个豪华法,足球解说员就坐在这里。且看,我的斜后方坐着驰星周和金子达仁,我的邻座是体育评论员玉木正之,俨然是电视台特别节目的阵容。放眼望球场,居然看见了成片的空座,看来球票问题到最后也没解决。这情况必须向酒馆的妹子们汇报。

闲话休提,比赛开始。关于本次比赛的对阵双方,有一种说法是"巴西之矛与德国之盾的较量"。我觉得不妥。守门员再强,球队最终败北的例子比比皆是。这个说法也反映了一个现实:德国队没有进攻的利器。就连有望角逐金靴奖的克洛泽,也只在对阵沙特队的时候进了球。

驰星周说:"决赛往往会比较无聊。"因为两队都不想输球,踢得比较消极,甚至以点球大战决出胜负。我可不希望这场德巴决战沦为无聊的比赛,而实际上,上半场就出现了激烈的进攻和防守。综合我身边三位解说员的观点,德国队的动作比预想的要好,甚至有人说这是本届世界杯上德国队迄今最好的表现。在我看来,德国队球员的确勤于奔跑,没有疲劳的迹象,仿佛是吸收了韩国队的能量。

卡恩依旧是铜墙铁壁。千钧一发的危急关头,他总能成功扑救,反应之快令人难以置信。玉木正之有言:"这简直是手球门将的扑救啊。"巴西之矛对德国之盾。果然是这个局面没错。决赛的观众依然大部分是巴西队的球迷。卡恩每每扑救成功,总会引发一片嘘声。只见他泰然自若,将球踢飞。门神卡恩,不是盖的。

如今,我的立场只有一个:德国队加油!卡恩加油!无奈不论守门员如何发奋,他也没办法得分。上半场以零比零收场,就看下半场德国队能否率先得分了。今天德国队的动作非比寻常,对于这一点,三位解说员已经达成一致,问题在于这股能量能持续多久。连我这个外行都看得分明:德国人一旦跑不动了,那就输定了。

不幸被我言中。上半场满场跑的德国队动作变迟缓了。就像奥特曼胸前的计时器开始闪烁,德国队的能量逐渐枯竭。巴西队屡次一口气长驱直入造成威胁,终于在六十七分钟的时候,卡恩的神力也消失了。

巴西队破门的瞬间,我周围的观众一起站了起来,欣喜若狂像过节。手持巴西国旗的年轻人奔跑在过道上。"世界杯尘埃落定了。"这么想的人不止我一个吧。比赛最终定格在二比零,第二粒进球几乎是买一送一的感觉。

恭喜巴西队,这次的冠军是你们。我望着用桑巴舞的节奏庆祝胜利的巴西队球迷,心想:改天你们球队也让我偏偏心嘛。

SSAWS 之恋

　　位于千叶县船桥市的世界最大的室内滑雪场 SSAWS 即将关闭。得知这件事的时候，我刚开始玩单板滑雪没多久。当时春天的山上积雪尚存，对于单板我也没有十分入迷，所以听到这个消息后，我的感想是："是嘛。日本泡沫经济时代的象征又要少一个了。"感触不深。

　　不料此后日本各地的滑雪场纷纷歇业，我这才深切体会到 SSAWS 的可贵之处。这时我水平见长，成天想着滑雪，5 月过半，我几乎每周都要去 SSAWS。说实话，起初挺怯场的，我觉得这个季节还想着滑雪的人水平必然不差，别的不说，来者皆是青春年少，像我这样的老头子，滑得也不好，想必是要遭人耻笑的。

　　我做好心理建设，毅然入场。实际情况和我预想的不一样：高手的确不少，但初学者、刚入门的人也不在少数——可能这类人还更多。那些高手醉心于提升个人水平，根本不会去看别人的低水平滑雪。高手不看我，我却看高手，毕竟对于我来说，他们的滑法很有参考价值。尤其是乘坐吊椅期间，简直是偷师的良机。

　　我去得很勤，记住了一些经常见到的面孔。这些人可以说是 SSAWS 的熟客,他们一般独来独往。说起来,我也是熟客之一。熟客大体上都挺厉害的(我除外),而且不需要和伙伴一同行动,吊椅来了就坐上去,默默地滑上几轮。个个彬彬有礼。

这群熟客当中,有她的身影。

一身红色的滑雪服,头戴针织帽,护目镜佩戴在脑袋一侧。我从吊椅上望下去,她的这身行头相当惹眼。她不光是服装惹眼,身手也很好,转向驾轻就熟,随机应变的本领也相当了得。她在高难度滑道上如行云流水一般滑行,不管是 Regular 还是 Goofy[1],都能应付自如。眼看着要撞上别人了,只见她玩一个平地花式,轻松闪避,继续一往无前,宛如雪地上的红衣忍者。佩服她的似乎不止我一人,与我一同乘坐吊椅的人也时常发出惊叹。

我曾有一次和她同乘吊椅。吊椅是四人座的,但当时只有我和她两人。若想和她搭话,再也没有比这更好的时机了。该说什么好呢?陌生人忽然来搭讪,挺瘆人的吧?她可千万别以为我要追她……我思来想去不知如何是好,吊椅已经到了山顶。我暗暗诅咒自己的懦弱,目送一身红装的她轻快地跳了下去。

然而,上苍还是眷顾了我这个可怜人。在一个意想不到

---

[1] 在单板滑雪运动中,右脚在前的站姿称为 Goofy,左脚在前的站姿称为 Regular。

的地方,我得到了和她交谈的机会。这个地方就是滑雪场边上供人歇脚的快餐店,而且还是她开的腔。

"这个,我可以用一用吗?"

一句非常平淡的社交语言。她说的"这个",是我跟前的烟灰缸。这家店总是门庭若市,烟灰缸也成了抢手货,她想和我共用烟灰缸。我自然是痛快答应。就这样,我得到了和她共饮咖啡的良机。

"人不少呢。"我咬咬牙,挤出一句。

"是啊。到了夏天,一下子人就多了。"她说着,抖了抖烟灰。

她有一双大眼睛,眼角微微上挑,沉默的时候嘴角下挂,给人感觉是个不服输的脾气火暴的妹子。

"停业就是眼前的事了。好多人赶着来。"我说。

她轻轻点了点头,眺望窗外的滑雪场,轻声说:

"这儿关门的话,明年怎么办呢?"

看着她落寞的侧脸,我的心头一紧。我俩的情况不一样,我是今年刚开始玩单板的新手,而她是常年在这里训练的,SSAWS 的停业,对于她而言,想必是不堪忍受之痛。

"淡季都在这儿滑?"

她把脸朝向我,点了点头,说道:

"有时候也去新西兰,不过费用太高,而且这里的状况比较稳定。"

"你是职业运动员？"

"不是……倒是想当职业的。"

原来是这样。我一下子明白了。从那以后，我和她打照面时总会聊上几句，也说不上是交谈，内容无非是"今天也来了好多人呢""还有两个月就关门了"之类。

8月，来SSAWS的人更多了。即便是工作日，等待吊椅也要花上十多分钟。我竖起耳朵，倾听年轻人的对话，话题大多与停业有关。

"都人挤人了，怎么可能会亏损呢？"想必任何一个造访SSAWS的人都会问。

"因为快关门了呗。之前估计没什么人吧。"

"哪儿的话，我在工作日也来过几次。好像没有包场的情况。"

在这里我添一句。SSAWS的最大客流量是约一百万人，去年大约是七十万人。有人认为SSAWS是在走下坡路，有人认为这是平稳发展的表现，而我认为以这样的硬件装备，能够维持鼎盛时期的七成客流，算是不错的了。听鼎盛时期来过SSAWS的人说，那时候挤得不得了，根本没法好好滑雪。这么说只有一种可能，SSAWS从来就没达到过盈利所必需的客流量。经营者所预期的顾客形象和实际情况恐怕大

031

相径庭。他们脑子里的顾客大概是这样的:下班后过来滑两个小时,然后在酒吧小憩。于是他们打出了"空手来滑雪"的口号,还提供滑雪服和手套的租赁服务,而且SSAWS拥有海量的储物柜,和滑雪场不大的体量并不匹配——这些都从侧面印证了我的猜想。经营者以为,一天当中客流的周转率会比较高。

然而,实际情况不是这样的。去SSAWS的人,不论是单板玩家还是双板玩家,总之都爱滑雪。只要时间允许,他们就会一直滑下去。其次,他们也不接受租赁滑雪用具的方式。SSAWS经营者原本巴望着酒吧和餐厅能带来收益,结果如意算盘全部落空。殊不知滑雪客们只要有雪就满足了。

话说回来,正因为有这帮铁杆玩家的支持,SSAWS才能维持鼎盛时期的七成客流。我敢断言,这七成客流不会再减少了,这些人是离不开SSAWS的。我想即便将门票价格翻倍,客流也不会因此减少一半的。

和我的分析一样,年轻人个个为SSAWS的复兴献计献策。乘坐吊椅期间,我经常能听到他们的主意:

"玩单板的比玩双板的多太多了。增加单板的时间不挺好的嘛。"

"双板也很多啊。要我说,还是改成按时间收费比较好。比如两个小时收多少钱,超过时间额外收费。这样也能堵住

お知らせ

当施設は平成14年9月30日をもちまして閉館し、全営業を終了することとなりました。
9年間ご利用ありがとうございました。
なお、9月30日までは休まず営業いたしますので、皆様どうぞご来場ください。

ららぽーとスキードーム"ザウス"

9月某一天的单板时段。明明如此热闹……

滥用门票的口子。"

事到如今,说这些也没用了。他们也知道,SSAWS 的停业是不可避免的事实,所以他们希望有一家企业来接盘。

"听说乐天会买哦。"

"那事不是早就告吹了么?接下来就看迪士尼了。"

"啊?迪士尼会买吗?"

"我怎么知道。毕竟东京迪士尼距离这里很近嘛,说不定顺便就给盘活了。"

"可别再让我失望了。"

小伙子说出了我的心声。现在距离停业已经不到一个月了,大家还抱着一线希望,盼着奇迹发生。

天不由人,奇迹恐怕是不会发生了。到了 9 月,只要一有空闲我就去 SSAWS 滑雪,免得日后遗憾。不论是工作日还是白天,SSAWS 都是满员的状态。从坡顶望下去,毫不夸张地说,密密麻麻的人就像灌木丛一般,压根儿没法好好练习。我穿梭在人群的缝隙间吃力地滑行,倒是练就了急转弯的本领。

一身红衣的她每天都来。从吊椅上往下看,她这等高手也难避免和人触碰,但绝不会摔倒。对于各种技巧运用自如的她来说,多少有些障碍似乎更有趣。

"最后一个星期了。"在休息处喝咖啡时她说道。

"是啊。下个月你怎么办？"我问道。

"还没决定。我在考虑要不要去试试室内U型池。"

"哦……"我只有点头的份。U型池，我想都不敢想。

我寻思着和她在SSAWS以外的地方见面。最后一天她肯定会来的。我决定和她一起滑到最后，然后邀请她用餐。

此后的一周我每天都去。要做到工作滑雪两不误，的确很难，但是顾不上那么多了。自我感觉身手毫无长进，也无所谓了。

9月30日，命中注定的一天终于来了。

很意外，当天客人比平时少，等待吊椅也没花多长时间。后来我明白了，来的客人大多数是熟客。你问我是怎么知道的，看他们滑雪就知道了。红衣女当然也来了。她看到我，朝我挥了挥手。我们尽量同乘一台吊椅（自从和她搭上话，我就从来没有和她一同坐过吊椅），尽管没有约定好同乘，但已经达成了默契。

场馆内播放着音乐。平时都是时下流行的歌曲，当天非比寻常，广濑香美的《我的爱融化滑雪场》、少年队的《海湾滑手》、TRF[1]的《BOY MEETS GIRL》……全是怀旧金曲，SSAWS开业九年来播放过的流行歌曲大联唱。最后一天也

---

[1] TRF是日本音乐奇才小室哲哉于1993年组建的超人气乐团。

没搞什么纪念活动,唯有音乐特别,足够了。

下午 2 点 40 分,单板时段的吊椅服务结束了。广播通知响起时,周围一片叹息声。

"终于结束了。"我说。

"嗯。结束了。"她回望滑雪场。

"只能等下真雪的时候了。我还想在这多练习几天的。"

"你滑得好多了。"她看着我说。

"是嘛。"我知道她说的是恭维话,心里倒也乐开了花——她一直在看我滑雪,"这个岁数才开始玩滑雪,怪丢人的。"

"年龄不是问题。你看那个人,一身咖啡色衣服的。他比你大十岁呢。也是今年才开始的。"

"是么?"我顺着她指的方向望去,只见一个身穿咖啡色滑雪服、头戴黄色针织帽的男子,正抬眼望滑雪场,一副感怀无限的神情。

"那人是个作家。好像叫冬野,具体记不清了。好像是广末凉子主演电影的原作者。"

"呵,那挺厉害啊。"我心想。比我大十岁,那就是四十四岁。

"说起来我见过他几次。有一回他摔得很夸张啊。"

"没错。滑得挺一般,摔起来倒是华丽丽的。"

我们相视而笑，很快收敛起笑容。

"出去吧？"

"嗯。"

我们离开滑雪场前往储物柜，见到玩双板的人在门口排着长队等候进场。我满脑子都在想说些什么来邀请她吃饭。当我们经过门口，走向更衣室时，一位滑雪场的工作人员正手持喇叭，向排队的客人喊话：

"双板滑雪的客人请注意，双板从下午3点开始。请稍作等候。"他顿了一下，又说，"单板的各位，谢谢你们。"

他的话音刚落，周围的其他工作人员一齐鞠躬，异口同声地说：

"谢谢各位！"

我不禁站住，一股暖流涌上心头，侧眼看了看身边的她。她的眼角也微微泛红了。

"美好的回忆啊。"她小声说。

听到这句话的瞬间，我觉得应该断了和她在别处见面的念头。既然维系我和她的东西即将消失，我们的关系也应该到此为止了。我们没有做任何约定，走进各自的更衣室。换完衣服之后，我照旧在自动贩卖机上买一罐咖啡，抽一支烟，而后走出SSAWS，头也不回地坐上自己的车。

我看了一眼后视镜当中那座巨大的建筑，脑子里闪过一个念头：或许我喜欢上的，并不是她。

（编辑部注：想必各位读者已经了然，这是一篇混迹在随笔当中的小说，取材于作者的妄想。在此向各位说声对不起。）

大叔滑手倒计时开始

我大概是滑得不好却偏爱滑的典型人物。滑雪场上积雪消失之后,我日思夜想滑雪时的快感,心里盘算着哪儿有雪可滑,第一个想到的就是SSAWS。

不是吹牛,我去得真叫一个频繁,一周去一次。从我家到SSAWS,单程刚好半小时。估计全日本的冬季运动爱好者都会嫉妒我吧。话说回来,SSAWS如今已经是历史了。

SSAWS 9月底停业,这是让我频繁前往的原因之一。一想到过了这个村就没这个店了,就按捺不住滑雪的冲动。我配合SSAWS的营业时间安排工作,拼命写稿,做到不误期。

殊不知这样的生活形成习惯后,每天都过得很有规律,相当舒畅。滑完雪回家的路上,去一家经常光顾的餐馆,点一份烩菜下酒,赛过活神仙。

滑雪期间我学到了不少东西,比如近距离观察当代年轻人的生活,获益匪浅。当然了,把夏天玩滑雪的年轻人当成是全体年轻人的缩影,似乎有些不妥。但有一点可以肯定,不论是从前还是现在,热衷于体育运动的年轻人的本质是一样的。往好了说,他们激情四射英姿飒爽,往坏了说,那就是头脑简单笨手笨脚。瞧他们，即便是在啃汉堡包，聊的仍然是滑雪技巧。偶尔也有人来泡妞，这种人必定不是熟客。

女性熟客也不少。有个妹子穿一身红衣，厉害得不得了。我经常见到她，可惜直到最后连一声招呼都没有打。你们别误会，我可没想追她，身为作家，就是想为写作找点素材罢了。真的，我不骗人。

一直到7月，SSAWS都比较空，工作日期间，吊椅几乎不需要排队等。到了8月，一下子门庭若市，我猜测主要是学生开始放暑假的缘故。到了8月中旬盂兰盆节，客人更多了，等待吊椅往往需要十来分钟。连日的盛况都上了报纸。

人越多，我越是纳闷："这么好的生意，为什么要停业呢？"其他人似乎与我同感。听一同乘坐吊椅的年轻人聊天，他们的话题也大体是这个。

炎炎烈日，我依然苦练不止。这期间T女士和S总编找上门来了。他俩说9月起也想和我一起滑雪，还说届时会叫上一位嘉宾。

"他叫宫原誉，是尤尼克斯的签约滑手，据说现在还不是职业的，正努力考执照呢。"

嚯，半职业滑手，和那种人一起滑雪，机会难得。说不定，这辈子只有这一次机会呢。接受他的指导？我可不奢

一表人才的黑田研二（右）

望。不过，近距离观察他滑雪，应该能领悟到一些东西，日后回忆起来一定很棒，关键是可以和酒馆的妹子们吹牛。

9月末，我们在行将停业的 SSAWS 前集合，T 女士意气风发，S 总编也是斗志昂扬。别的不说，他总算是自掏腰包购置了滑雪服，不过当天他没带其他用品，说是嫌东西多累赘。他的这种半吊子精神我还真是无法理解。

我们在 SSAWS 等待宫原君，却等来一个不速之客——日本侦探小说界新本格派作家，同时也是梅菲斯特奖获得者黑田研二。只见他肩扛滑雪板，双颊飞红，迎面走来。聊了一会儿，才知他是来东京参加江户川乱步奖的颁奖礼，顺便来滑雪的。从来没听说过他爱好滑雪。不过细想想，新本格派的作家当中有不少爱好滑雪的。笠井洁就很有名。二阶堂黎人也是。我曾一度收到他们的邀请，可惜时间上和某文学奖的评奖会冲突，婉言谢绝了。

我想在明年以单板滑手的身份加入，黑田一口答应，说："等你哦。"这样一来，冬天就又多了一个盼头。

宫原君说是要晚一些到，我和 S 总编便先进场了。S 总编两个月没滑雪，有些担心："行不行啊……"其实冬季运动往往是要隔上一年的。只能说我们的感觉都出问题了。

这时宫原君出现了。个头比我想象的要小，殊不知在玩 U 型池和跳台滑雪的时候，小巧的身材更有优势。不过我事后才知道，他不仅下半身肌肉发达，上半身也满是肉疙瘩。

"发挥作用的是全身肌肉的爆发力，所以上半身的肌肉也是必需的。"这是他一贯的观点。

说滑就滑。不消说，四人径直迈向高难度滑道。宫原君打头阵。我暗忖他会怎么滑，没想到竟然是直线滑降。只见他像离弦的箭一般往下冲去，戛然而止，回过头朝我们挥挥手。轮到我了，战战兢兢地出发，过程算不上出色，倒也打着弯滑到宫原君身边。

"您真是今年刚开始滑的么？感觉像是滑了好多年的人呢。"

宫原的话一半是奉承，我听了还是挺受用的。细想想，他并没有说我"滑得好"嘛。等待吊椅期间我和他聊了聊，了解到在淡季的时候，像他这种半职业滑手成天忙于打零工，为的是攒够入冬后全身心投入滑雪所需的经费。这是何等志气。听他一席话，我真心想为他加油。听他说，他也就是去各地的U型池滑一滑，很少有机会长距离自由地滑雪，所以也挺期待这次SSAWS之旅的。

SSAWS禁止滑雪客进行有意识的跳跃。对于像他这样的半职业滑手而言，显然不够过瘾。我时常能看见他站在滑雪场的一端细心观察，问他在干吗，答曰："我在找有没有能耍一把的地方。"

"耍一把的地方？"

"嗯。像滑竿那样能蹭一蹭的地方。"

所谓滑竿，滑板运动当中也有这个玩法：把滑雪板横过来，搭在一根长长的铁棍上滑。我真想说，老子在雪上滑就已经拼了老命，你还在铁棍上玩花样，想什么呐。也不能怪他。一个人的水平达到一定程度，单纯的滑雪就满足不了他了。

我们四人一直滑到打烊，之后一同去吃饭。说来挺不好意思，去的还是那家我常去的餐馆，一边喝啤酒，一边继续采访宫原君。

"我想组织一个专做新品发布活动的团队。"他说，"现在的新品发布会，无非是签约滑手做产品展示。我要做的是，集中一批滑手，介绍各自代言的产品，这样顾客接受起来也比较容易。我想以后的新品发布还是要以滑手为主导。"

小伙子才二十出头，想法倒挺靠谱。他眼光长远，甚至考虑到自己将来退役之后的事情。事实上，他已经组织起了一批人，团队名叫"黑羊"，连名片都设计好了。对他们感兴趣的读者请与实业之日本社联系。

话说宫原君心系滑板，会不会影响生活？他有女朋友。我便半开玩笑地问他会不会闹矛盾什么的，他答道："情况很严峻。"听了真让人笑不出来。

"我待在雪山里就很难见上面了。她好像对将来也有自

宫原君（右）的脑袋上始终挂着一个问号：凭什么非得和这个大叔一起滑呀？

己的想法。"

唔——真是个难题。爱情和事业，选择哪个？面对这个问题，我这个大叔滑手沉吟半晌，因为我自己从来就没交出过满意的答卷。

9月一过，我们就和SSAWS永别了。闷闷不乐恋恋不舍实无必要，往者不可谏嘛。我心急火燎地行动起来，通过网络调查各地滑雪场的状况，一心一意祈祷早日下雪。网络告诉我，过不了多久，我就能滑上了。

开业最早的是位于富士山的耶提雪城（Yeti），在10月19日就开始营业了。雪貌似是人工的，对我来说都无所谓，能滑就行。其次是狭山人工滑雪场。如今SSAWS不复存在，这家室内滑雪场弥足珍贵。另外还有轻井泽王子大饭店滑雪场之类。11月后立刻开始营业的地方不在少数。

我首先涉足狭山滑雪场。这家滑雪场比SSAWS远，一路上也很堵，我还是硬着头皮去了。到现场一看，规模只有SSAWS的三分之一。说是人工雪，要我说，干脆就是刨冰铺地。说是室内滑雪场，其实也不完全与外界隔绝，"刨冰"已经开始融化。大概是下小雨的缘故，滑雪场内雾气弥漫。

我的天爷，这雪能滑吗？心里吐着槽，脚却动起来了。说来也怪，感觉还不错。坡道完全是面向初学者的，一点都不刺激，不过能滑雪就已经很开心了。我一边抱怨一边滑，一个人足足滑了四个小时。

休息时,我和一位神奇的大爷攀谈起来。他今年七十八岁,五十岁的时候开始玩双板。我问他是不是常来这儿,他微笑着摇了摇头,说:

"不常来不常来。SSAWS 不是没了嘛,我这也是没办法的办法。SSAWS 开业之前,我倒是时不时来滑上几轮。那会儿的雪比现在还差,撒些碎冰块就当滑雪场了。"

我说 SSAWS 没了真可惜,眼见他变了脸色:

"你不觉得奇怪吗?他们百分之百是盈利的。有什么内情我不管,造那么个大家伙,说赚不了钱就关门,太不负责任了吧。他们懂不懂什么叫社会责任啊?"

大爷说得来气,头顶都冒蒸汽了。见他义愤填膺的样子,连我的心里也起了一团火。这时我再次意识到:SSAWS 倒闭还真惹毛了不少人。

回过头来说我自己。这次狭山之旅让我很失望,下周就去了富士山,体验一把传说中的耶提雪城。浏览官网,得知耶提是人工雪,但滑道很长。距离首都圈仅九十分钟车程的宣传文案也深得我心。

在东名高速公路裾野互通下高速,朝富士山进发。这条路是最棒的自驾兜风路线。天气很好,空气很好,一个念头掠过:"这么爽的自驾游,我怎么孤零零一个人在享受……"

我努力打消这个念头，朝耶提前进。

到了耶提，我先在车上换好衣服，然后购买入场券进场。耶提规定，客人在离场时必须归还入场券。我听说各地的滑雪场屡屡发生滑雪客转让吊椅票的情况，直接影响了滑雪场的经营。耶提这么规定，想必也是为了阻止滑雪客转让。说起来，越来越多开办滑雪场的城市制定了禁止转让吊椅票的条例，而事实上，转让者也是有说辞的。这部分内容改天再谈（前提是能连载下去）。

说说耶提。这家滑雪场的滑道真心长，说是有一千米，我看不是骗人的，宽度有点窄，将就将就吧，但坡度竟然如此平缓，就实在说不过去了。我抱着滑雪板走了好长一段路，都没发觉其实已经走在滑道上了。

耶提的雪质还真不赖。这种在户外尽情滑雪的感受在SSAWS是没法体会的。这一天虽然是工作日，但前来滑雪的人异常多，想必也是来寻找这种快感的吧。坐吊椅需要等上十来分钟。大家脸上都洋溢着"滑雪季来啦"的喜悦。

我在又长又平的坡道上边滑边想："算了，这不挺好的嘛。"这条滑道在我眼里只能算是缓坡，证明我的水平进步了，应当高兴才对。真正的滑雪季赶快来吧，我等不及了。

当天我早早收兵。在回程的车上，我听见新闻说不少地方观测到了今年的初雪，喜不自禁。

大叔滑手开始活动

2003年的滑雪季正式拉开帷幕！话说究竟有多少人读了这部随笔连载呢？我周围对单板滑雪感兴趣的，只有T女士和S总编。玩转U型池的银座妹子小t早就不干陪酒了。管不了这么多，只要《J-novel》杂志继续向我约稿，我就一直写下去吧。既然已经写成文章发表，那我就把买吊椅票的钱算进写作成本了，税务部门挑不出毛病来吧，嘿嘿嘿……

闲话休提。今年的滑雪季我很幸运，因为各地降雪都比较早，以至于预测今年是个暖冬的气象厅发布订正报告。对于翘首盼雪的我来说，真是求之不得的大好事。当然，我也牵挂暴雪地区的人们。

托互联网的福，我通过滑雪场的摄像头观察积雪状况。东北地区的安比高原、夏油，上越地区的岩原、丸沼高原等地的滑雪场很有名。从11月上旬开始（其实这个时间积雪的可能性非常小），我几乎每天浏览一遍各地滑雪场的实景。下雪的第二天，滑雪场上一片白，看得我眼馋：

"嚆！今天起就能滑了吧？"

白是白了，只不过是薄薄的一层。一天后积雪很快融化，露出地面来。我看在眼里，痛在心里，心情每天都像坐过山车。

11月过半，个别滑雪场借助造雪机的威力，比往年提早开业了。丸沼高原和鹿泽雪域就是个中翘楚。通过摄像头，我看见大家开开心心地滑雪，热血当场沸腾。

通过实景摄像头，我发现各地的降雪状况大不相同。即便是同属上越地区的滑雪场，有的抢先享受到了积雪，有的则根本积不起来，苦不堪言。雪神的性子真是难以捉摸。个别滑雪场的网站上，有人留言道：

"压根儿不下雪啊。到底能不能按时开业呢……"

感觉他都快哭了。

玉原滑雪公园是幸运儿，早早地开业了。这家滑雪场距离沼田互通三十分钟车程，从东京过去挺方便的。我打定主意：今年的第一滑就定在这里了。11月下旬的一天，我毅然出发。有消息说路上有积雪，我气定神闲，要知道，我在11月车检时就换上了防滑胎，而且在出发之前好好地练习了安装车胎防滑链。

货真价实的滑雪场，久违久违。我在停车场换衣服期间就已经斗志昂扬了。当天虽然是工作日，停车场上停满了车。我正换着衣服，一个陌生男子笑眯眯地走过来：

"您这是要滑雪吧？"

"是啊。"

"那您要这个吗？只卖五百。"

他说着掏出一样东西给我看——是当天的吊椅票。我马上反应过来了：他买了一日票，由于现在就要走人，便低价转让给其他人，稍微挽回一点。这张票通过正规途径购买要花四千日元，但现在是试运营阶段，比正价要便宜不少。

"不用了。"

我回绝了他。望着他悻悻离去的背影，我开始思考：转让吊椅票到底是怎么一回事呢？当真是违规行为吗？转让吊椅票的行为已经成为日本各地滑雪场的公害，据说新潟县汤泽町一年因此流失三亿日元的利润，所以当地明令禁止转让吊椅票。

的确，转让吊椅票的行为的确会让滑雪场为难。本来是打算在窗口购买正价票的滑雪客，如今不花一分钱就能使用吊椅。魔高一尺道高一丈，某酒店开办的滑雪场采用带照片的吊椅票（人被拍得很丑），耶提则采用了离场时回收吊椅票的措施，目的都是为了杜绝这种行为。

虽说现在经济不景气，但个别滑雪客还真是不自觉。把滑雪场逼上绝路，到头来吃亏的还不是自己？想到这里，我不禁愤愤然。但仔细琢磨，我又有了新的想法——转让吊椅票，真的会给滑雪场带来损失吗？吊椅票转让后，售出的一方当然无法再使用吊椅，购买的一方，不消说，他们之前没有使用过吊椅。站在滑雪场的立场上看，有多少人没花钱白坐了吊椅，就有多少人花了钱但没坐过，说不上是损失吧？

对于流失三亿日元利润的说法，我也是有疑问的。这个数字是依据总进场人数来计算的，假如杜绝转让行为，还会有这么多客人来吗？"吊椅票真心贵，还好能转让给别人，提前走也不浪费""吊椅票真心贵，还好能买到便宜的转让票"，依我看，不少人就是奔着这两点才来这里滑雪的。

当然，滑雪场这边也有理。最最重要的，是吊椅票的定价。这个数字是根据入场人数导出的，应该没有把转让行为计算在内。也就是说，要是允许转让，那么票价必然定得更高，结果是加重滑雪客的负担。

殊不知提高票价会令客人望而却步，受伤害的不光是各路滑雪客，最终也会伤害滑雪场的利益，所以不是个好办法。最近越来越多的商家想到这一点，开始出售半日票。这样一来，早早收场的人和迟迟进场的人就都得益了。但半日票还是有问题——如果和一日票的价格差别不大，就没有意义了。事实上，在大多数滑雪场，一日票和半日票（或是更短的限时票）的价差并不大，撑死了一千日元上下。如此规则，自然会催生这样的滑雪客：不管三七二十一，先买上一张一日票，万一提早走，就转让呗。

那么为什么不能下调半日票（或是限时票）的价格呢？原因很简单。因为不论客人多寡，吊椅的维护以及管理费用是基本不变的。如果严格按照乘坐吊椅的次数来收费，那么票价难免会贵得吓人。

在我看来，商家犯了一个错误——发明了一日票。他们的初衷也许是为了方便嫌按次数计费麻烦的客人。其实一开始就应该提供半日票或者限时票的，定价即便是现在的水平，客人也不会有什么怨言。

关于吊椅票聊了好多。本来不想展开讨论的，但一谈到钱就较真也是大阪人的本性，望勿见怪。

我这是第一次来玉原滑雪公园。乘吊椅到达顶点，然后一口气滑下来，中间不停。下来后觉得大腿根部酸胀。再来一回，直接奄奄一息了——"怎么搞的嘛。明明坚持在健身房锻炼的，根本没效果嘛。"我相当懊恼。仔细想想，玉原的滑道从上到下足足有一千好几百米，SSAWS 最多四百来米，前者是后者的三四倍。之前光在 SSAWS 练了，所以不懂得分配体力控制节奏。这次体验让我再一次体会到天然滑雪场的可贵之处。

天然滑雪场不仅滑道长，而且有起伏。遇到稍有凹凸的路面，我不是没了章法就是乱了架势，滑得不称心，摔倒更是时有发生。我都有些懵了。总在像 SSAWS 这样的"温室"中练习，现在遭报应了吧？当即打道回府。

过了一段时间，T女士约我去鹿泽。我二话没说就答应了。11月末，我、T女士、S总编三人共赴鹿泽。顺便一提，鹿泽的吊椅票不是那种小小的票，而是一块小牌子。滑雪客佩戴在身上，进场时自动检票，离场时必须返还，同时取回一千日元押金。这个举措想必也是为了杜绝转让。商家真是煞费苦心呐。

这个时期降雪不多，能够用的滑道只有一条，好在坡度足够，最适合热身。起初滑道上都是冰，硬邦邦的，中途天空开始下雪，脚下软乎乎的感觉与时俱增。我们几个就像孩子一样开始撒欢，忘了柔软的雪面下依然是坚硬的冰层。S总编练习转向时不慎摔倒，双膝同时砸地，疼得皱起眉头。

当天是工作日，客人不多。有一个团体正在接受双板滑雪的训练。我见他们在练习蛇形滑降，心想大概是初学者吧，但总感觉不对劲——一个个本领了得啊。我便观察了一阵，总算明白了：这是在培养滑雪教练呢。这些人玩双板在行，单板想必也不在话下。路过他们面前时我有些紧张，就在这个节骨眼上我摔了一跤，真不走运。可能是我的抗压能力比较弱吧。

我们一直滑到吊椅停开。T女士就不用说了，连我和S总编都轻轻松松地滑了好几轮。一年前，谁能预料今天能有

下了这么厚的雪，我们却只能打道回府。顺便说一下，这台车我开了十多年了

这等表现？想到这里，心生无限感慨。

到达落脚地，马上泡温泉，出来喝啤酒，赛过活神仙。酒精走遍全身，润滑了舌头，我们几个聊得热火朝天。话题当然是如何提高滑雪水平。S总编说，作为行前准备，他熟读了自家出版社的《单板滑雪达人速成》。其实这本书也送到我手上了，果然有用。问题是这本书的内容与实业之日本社在2001年出版的《单板滑雪五天超快速成》基本相同，就连当中的插图也一样。实业之日本社，太抠门了吧！

书的事情就不说了。当下我们的谈话中充斥着滑雪术语：

"不是有伸膝减压和屈膝减压嘛。站直身体会减小施加在板上的力，这个我懂。那下蹲怎么也会减小力呢？我理解不了。"（S总编）

"说是屈膝下蹲，其实你把它理解成往上提滑雪板就行了。这样压在雪面的力不就减小了嘛。"（东野）

"原来如此。这么一想就明白了。这么说变向时是重心转移使得脚慢慢伸直的吧。"

"是的。和起身直立系列的动作相反。"

光听我俩聊天，还以为有多厉害呢，其实不过是略懂皮毛而已。有一句话叫做"有样学样，从形入门"，我们这是"从嘴入门"。

S总编和T女士因为工作关系，第二天必须返回东京。依依惜别离开旅馆，眼前所见令我们大吃一惊——我的车被雪盖得严严实实。装行李之前必须先清理积雪。

　　"不出所料。听说下了一整晚的雪呢。"S总编一副事不关己的样子。

　　我们立刻向旅馆借来工具除雪，三人默默无语，我猜想我们的脸上必然是一副幽怨的表情：

　　"哎哟哟，今天滑雪场的状况一定好得不得了……"

新本格派滑雪旅行

　　托连载随笔的福,我热衷于单板滑雪之事在业内人尽皆知。不少人嗤之以鼻:"一把年纪了还折腾。"也有少数同志表示欢迎。作家二阶堂黎人就是其中之一,我和他经常在日本推理作家协会的理事会上碰面。他邀请我:

　　"请您下次一定要参加我们的滑雪旅行。"

　　同行的还有笠井洁、贯井德郎等本格派作家。我问能否以单板滑手的身份参加,答复是当然可以,真贴心。

　　1月中旬,我动身前往集合地点"八岳莎得徕兹滑雪度假中心"。那儿以前叫"八岳水手谷",经营团队换了,名字也就改了。"莎得徕兹"是一家糕点商。

　　我接到贯井君的电话,说是在当地集合。我担心能不能顺利见上面,去了之后才知道,这个地方比想象的要小,餐厅只有一个,人也很少。我放下心来滑了一阵,稍事休息期间,撞见二阶堂和贯井两位。他俩说是刚到。

　　"黑研应该也在这儿滑雪。叫他过来吧。"二阶堂说着取出手机。

　　这个"黑研"就是新晋推理作家黑田研二。前面的随笔中提到过他去SSAWS玩双板。没过多久,黑田现身。这个

贯井君（右）咨询我怎么避税。黑研（中）请教我怎么拖延交稿时间

滑雪季才开始不久,他脸上就已经晒出护目镜的印子了,不愧是从三重县大老远地跑到SSAWS来玩滑雪的狠角色。黑研曾在网上成立"东野圭吾后援会",担任会长。当时我和他没什么交流。后来他入选"小说推理新人奖"的候补,我获悉后发邮件给他以资鼓励。在我的短篇小说中,他以真名登台亮相(有兴趣的人去找找看)。这次来除了滑雪,我很期待和黑田君当面聊一聊。

见面后简单寒暄几句便直奔主题。我生平第一次和同行滑雪,怀揣紧张的心情坐上吊椅。论双板滑雪的本领,三位都相当了得。有趣的是,这三位虽然都是双板,玩法却大相径庭。水平一流、去年夏天去了新西兰的黑研,完美掌握了"刻滑"技术,追求精湛和极速;贯井君是怀旧派,滑法传统,风格华丽,用的滑雪板竟有两米长;二阶堂玩的是skiboards[1],极其短小,滑法自由。

不管怎么说,他们都是两块板,而我只有一块板,步调很难一致——因为我一旦在平地停下,很难再次发动,偏偏他们喜欢在平地集合。迫于无奈,我只得滑过他们跟前,在前面不远的斜坡中段停下等他们。

"单板和双板,差别挺大啊。"贯井君感慨。

"光是固定鞋子就费好大工夫,希望没给大家添麻烦。"

1　花样滑雪板。

我说。

听了我的话,他摆了摆手说:"有好几次我们几个中途停下来,您依旧往前滑。我们心想不能落后了,就赶紧出发,结果就是几乎没有休息。从来没体验过这么高强度的滑雪。"

经他这么一说,还真是这么一回事。

滑了一阵,再次去餐厅稍事休息。不愧是"莎得徕兹"开的滑雪场,糕点琳琅满目。黑研目睹"蛋糕畅吃,咖啡奉送,每位一千日元"的招牌,苦恼不已。他爱喝酒,同时也爱吃甜食,年轻时没问题,中年以后必然要为胆固醇烦恼。看他的体型,已经有这方面迹象了。最终他选择了"蛋糕加咖啡,每位五百日元"。照他的说法,蛋糕必须吃三个以上,否则划不来。这时二阶堂出现,在桌子上摆了两个看上去就很好吃的蛋糕。

"下面也在卖啊。那边更便宜,品种好多。"

呵呵,不愧是作品当中到处是机关陷阱的二阶堂,连买蛋糕都深思熟虑。黑研望着二阶堂的蛋糕,略微有些羡慕。

当晚我们泡温泉,吃完饭后在房间里搞了一场小宴会。以往觉得新本格派的作家都不善饮酒,然而当晚除了二阶堂,其他人都很能喝,令我颇感意外。

就这样,第二天谁都没睡醒。笠井洁来到我们落脚的酒店。当天的滑雪场在"富士见全景度假村"。几人分乘两辆

车出发。我坐笠井的车,车上我问他今年第几次滑雪,笠井稍稍犹豫后说:

"别告诉别人啊。第十一次。"

"啊!这么多次!就这样还能写小说?"

"所以我说了嘛,别告诉别人。"

我太吃惊了,以至于把他的话写进了这篇随笔。对不住了。

在富士见全景度假村的滑雪场,游客们乘坐吊厢缆车,直线上升2.5公里,然后一口气滑下来。据说实际路程有3.5公里,用仅有四百米滑道的SSAWS换算,相当于九个SSAWS。这可不得了。不料笠井竟然对黑研说:"今天至少滑个十轮。"

富士见全景的滑道相当棘手。距离长是一方面,路途中还有相当多的陡坡,滑上一次就气喘吁吁了,大腿酸胀得不行。即便如此,黑研和笠井竟然达成了既定目标,滑了十轮,让我很吃惊。而我更惊讶的是,我自己也滑了九轮,下半场真的是滑不动了。

当晚我们一行人造访笠井府上(准确地说是他的工作室)。黑研脸皮厚,见有足部按摩器,就体验上了。几人一边喝啤酒一边吃火锅,聊得热火朝天,话题自然是滑雪。火锅见了底,谈兴却不减,在另一个房间开起即兴的滑雪讲座——因为笠井播放起刻滑教学的录像带。这时我才知道,我一直错误理解了刻滑。本以为仅仅是缩短了滑雪板的长度，使之更容易转向，滑法本身没有区别，而事实上，刻滑的滑法完全不一样。

笠井一边看录像一边发着火：

"身体不能向下倾斜？什么意思嘛。以前教练让我们往下趴，我费了好大劲才学会的。"

"刻滑这样是不行的。"黑研担任解说员。

"为什么呢？"

"因为这样发挥不出刻滑的特点。"

"这个录像上说什么要在内脚上施力，以前教练说内脚不能用力的。"

"你那招在刻滑上也行不通。内脚上也必须施力。"

"什么嘛。"贯井君也嘟起嘴，"难道我们学的是假滑雪？"

"不是这个意思。你们的也行，你们的是老式滑法，不算错。"

"老式是几个意思？说得我们好像是老头子。你还不是跟我同岁吗？"

"哎呀呀，我可没这么说。只不过啊，现如今时代变了，滑雪也好，写小说也罢，都讲究新老交替。所以说嘛，你们老人家就请退隐江湖吧。嘿嘿嘿……"

"你说啥？"

"口出狂言了还！"

不用说，黑研遭到大家围殴。

大叔滑手奋斗不止

上中学时,我练过剑道。剑道当然要佩戴防具,比如护面、护胸、护手之类。剑道是一项非常剧烈的运动,人会出汗,汗水会沾湿防具。尤其是直接接触皮肤的护手,里面往往是潮乎乎的。

练过剑道的人可能都知道,潮乎乎的护手臭得要死,连戴护手的手都发臭了。日本有一句话叫"鼻子都臭歪了",护手的臭气真的能拧歪人的鼻子,一点都不夸张。退出剑道练习的头等好处,大概就是不用再闻那种恶臭了。

剑道护手的恶臭,本以为再也无缘闻到的,不料却又一次邂逅了。地点是某滑雪场的休息室。我点上一支烟,稍事休息,就在这时,那股熟悉的臭味钻进了我的鼻孔。我纳闷:哪来的臭味?闻了闻,是手背,和练习剑道的时候一样。我不禁皱眉:

"怎么回事?怎么这么臭?"

想得到的原因只有一个。我闻了闻滑雪手套的里头,差点晕过去——滑雪手套和剑道护手一样,臭不可闻,也是潮乎乎的。第二天,我给手套喷上大量除臭剂,放在太阳底下暴晒。处理一次还不够,我反复搞了几次,即便如此,手套

这时，我当然已经领教到了"滑雪＝寒冷的运动"

还是残留着一丝幽幽的臭味。

也难怪。在我的滑雪历程中，SSAWS 立了大功。去年春天我开始玩单板，几乎每周都戴这双手套去滑雪。尽管事后都晒，但从来没有清洗过，手套的待遇和当年的剑道护手完全相同，难怪发出的恶臭如此熟悉。

我望着沾满除臭剂的手套，心生感慨：这一年，真是挺拼的。付出了努力，身手应该长进了不少吧。这时我生出一个念头：找个教练看看我的水平。说干就干，我火速联系老搭档 T 女士和 S 总编，两人欣然允诺。除了他俩，去年为我创造契机的《单板滑雪》杂志前任总编 M 也与我同行。目的地当然是 GALA 汤泽滑雪场，我的"应许之地"。

1 月的最后一天，和去年一样，我们乘新干线出发。上一次去汤泽，我连滑雪板都没摸过，不知道会有怎样的考验等待着我，心情相当忐忑。这回完全不一样，急于上场一展身手，心里怪痒痒的。我在意的无非是滑雪场的气象状况。

"稍微再下点雪就好了。要是能够在软乎乎的新雪上滑，再好不过了。"

"新雪。感觉不错呢。"

新干线到达目的地附近，我们的面部肌肉不由得绷紧了。窗外下着大雪，风也很大，几人陷入沉默。片刻，列车驶入 GALA 汤泽车站。准备妥当后坐上吊厢缆车，眼前的景色让我们的心情越发苍凉——大雪纷飞，连远处都看不清了。

"这……大概就是所谓的暴风雪吧。"T女士的声音异常平静，恐怕是惊吓过度。

"那是因为吊厢在动嘛，看上去雪挺大，说不定山上面没这么大呢？"我说。

我的观点获得大家一致赞同：

"没错没错。肯定是这样。没事，没事的。"

"要真是暴风雪，缆车早就停开了。"

"就是就是。哈哈哈哈……"

小小的吊厢空间里充满了笑声。

到达滑道。天不遂人愿，寒风萧萧，飞雪飘零，我们几个被冻得生疼。我走出休息室，立刻折返，自以为挺耐寒的，也实在是经受不住。心想买个东西围围脖子吧，冲进小卖部一看，T女士刚好买了一个看上去很暖和的围脖。

"哟，光给自己买了呀？"

"您不是说喜欢冻着吗？"

"我可不喜欢暴风雪。我也买个！"

两人走出小卖部，撞见S总编。他噘着嘴说：

"啊，什么情况，耍赖耍赖！"

结果我们三人围上了同款的围脖。M前总编脖子上围了毛巾，省钱是省钱，不过看上去俨然是卖鱼的大叔。一行人全副武装，开始滑雪。这次的教练叫松村圭太，今年只有我一人接受指导，去年和我一同上入门课的 S 总编这次请 M 当教练。

坐上吊椅往上升，风越来越大。松村教练让我放开了滑，我便滑了起来，中途做了几个变线动作。教练很快追上了我。

"情况我了解了。没什么坏毛病，非常好。只不过身体前倾的幅度略微大了些。变线的后半段，重心要往后靠。"

我一心追求速度，所以把重心前移，看样子一味地前倾是不对的。其他还有几个缺点，教练都给我一一指出了。此后便是学习新技术。

"OK。这样就可以了。滑得不错。"

有教练这句话，我就放心了。光靠看书看录像，很难了解自己到底滑得好不好。各位读者，如果您想学滑雪，我强烈建议您请一个教练。

且说当天天气实在恶劣，大风吹得人站不住。我在听松村教练讲解期间，干脆一屁股坐在地上了。两个小时的课程结束后，我和几位编辑滑了几个回合。时隔一年，M 看了我滑雪，大吃一惊：

"不得了不得了。说真的，看不出你是去年才学的。"

嘿嘿嘿，就是嘛。我的确是去年刚学的，然而滑的次数可不少，如果把去 SSAWS 的日子算进去，有好几十天呢。

"凭你现在的身手，滑新雪应该不在话下。明天我们去新雪区吧。"

"好啊！"

第二天早晨，天气晴朗，神清气爽。谁知 T 女士说是有公务在身，回了东京，只留三个大老爷们去滑雪场。天晴时乘坐吊椅上山，也是一种享受。

"在这么个大晴天返回，恐怕 T 要恨死了。"我说。

"这么说来，上回在鹿泽的时候也是。天气好的时候却要走人了。"S 总编说，"说不定，她是风雪女妖哦。"

"就是就是。肯定是这样。风雪女妖一走天就晴了。"

"将来咱们就趁她不在的时候滑雪。"M 也来火上浇油。

昨天下了一场好雪，所以滑雪场的所有滑道都是新雪状态。M 把我领到一处略偏僻的地方，这里坡度比较陡，而且几乎没有人滑过的痕迹。

"这就是货真价实的新雪。"M 话音未落，人已经一溜烟滑出好远，不见了踪影。

"老子来也！"我不甘落后，一头扎下去——万万没想到，以往流畅起步的滑雪板如今涩滞不前，后来干脆陷进雪里。身体被惯性往前抛出，缓过神来的时候发觉自己栽在雪里。赶忙奋力起身，结果越陷越深，动弹不得。回头一瞧，S 总编也是同样的遭遇。

经过一番苦战，十来分钟后，浑身是雪的我俩来到了 M 的身边。

"滑新雪有滑新雪的技巧。嘿嘿嘿……" M 一副乐不可支的样子。

日后 S 总编转述 M 的话："东野进步太大，不能让他太得意，就给了他一点颜色看看。"

M 先生啊，你就这么在意出版界单板滑雪第一高手的名号么？

扯远了，且说我们三人就这样滑了两个小时，天气眼看着变坏了，风雪交加，状况比昨天更恶劣。好汉不吃眼前亏，三人当即决定撤退。

怎么雪一下子下得这么大？三人聊着聊着，恍然大悟：

"啊！莫非现在 T 到达东京了？"

"对。时间正好。好一个风雪女妖，她回去不得不上班，一气之下呼风唤雪了。"

三个大叔滑手望着吊厢窗外的暴风雪，又一次领教了女人的可怕之处。

打那以后，得到滑雪教练赞许的我一发不可收拾，每周去一趟滑雪场，勤奋得连我自己都觉得有些不正常：一大早开三个小时车去，滑五个小时，再开三个小时车返回。我回家后都会去街上喝酒。或许有人会问我是在几点工作的，老实说，连我自己都不知道。

为了给这部没人读的连载随笔寻找新鲜素材，我们团队决定去苗场。说起来去年也去过那儿，当时基本上没有积雪，便转战神乐滑雪场。然而这次不同，大概是我们去得早吧，苗场的雪丰富得很。尽管风雪女妖T女士也在，却是晴空万里的好天气。大家众口一词：

"松任谷由实的力量真强大。"

我们恰好遇上松任谷由实在苗场王子大饭店开音乐会。

当天我们尽情地滑，意气风发地展开滑雪场地图，企图征服所有的滑道。在吊厢上，我指着下面的一段斜坡说：

"你们看，那儿还没人滑过呢。现在也没人，空得很。"

"还真是。去瞧瞧吧。"T女士应和。

说去就去，下了吊厢，我们朝着那段斜坡滑了过去，不久便到了滑道的岔路口，那儿立着一块招牌，上书：

男子障碍滑雪赛道　最大倾斜四十度

四……四……四十度？

难怪没人滑。这下连我也畏缩了。转念一想，既然来了，岂有撤退之理？我朝着箭头指示的方向滑去，随后吓破了胆：

挑战

连我自己都觉得有些过分，不过这还不是全部，左上的票是 SSAWS 最后一天的

"呜哇——"

谁会在这儿滑啊,这坡度也太……我朝下看了看,一时不知所措。随后抬起头,恰好头顶上方有吊厢经过,能看见里头的人脸。那些人一定在津津有味地看着我,心想:倒要看着这个傻站在斜坡上的家伙会怎么办。于是我横下一条心:绝不能在这里露怯当逃兵,豁出去了!

"哇啊啊啊啊——"

大叔滑手大吼一声,听不出是惨叫还是在给自己鼓劲,一头栽了下去。

小说《大叔滑手》

益男一边假装读报,一边默默地把早餐往嘴里送。他认为,只要装出一副闷闷不乐的样子,老婆就不会和他多说话。各位家有老妻的读者想必都知道,大多数情况下,如此蹩脚的演技是瞒不过老婆眼睛的。

吃完早餐,益男合上报纸,将搁在身旁椅子上的外套拿在手里。

"我出门了。"益男很小心地控制自己的声调,尽量消除抑扬顿挫。这也是他的小把戏。

"今天上哪儿去出差?"

"新潟县。昨天不是说了吗?"

"明天回来吧?明天还去公司吗?"

"嗯。能去的话我就去。"

益男穿上上装朝玄关走去,边走边披上一件米色的大衣。他深知此时切不可磨磨蹭蹭,否则难免遭到老婆的盘问。他穿上鞋,夹起放在鞋柜上的公文包。轻薄的公文包中只有文件文具(伪装用的)、洗漱用品和内衣裤。在外头就住一晚,切不可带太多行李,否则有当场穿帮的风险。

"我去了。"

"慢走。路上小心。"

走出家门,拐过第一个街角,益男握拳摆出一个庆祝胜利的姿势,心脏开始怦动。成功骗过老婆令他亢奋,接下来梦幻一般的旅行让他期待,心情无比激动。

当然,认为成功骗过老婆的只有他自己,老婆已经感觉不对劲了。她打算在这一天给益男的公司打电话,到时候益男的谎言必将破产——但他现在还对此毫不知情,幸福满溢身心。

换乘电车到达东京站,时间是 7 点 50 分。益男从西服内袋里取出上越新干线的车票,迈步走向月台。月台上年轻旅客居多,几乎都带着双板、单板等滑雪用具。像益男这样的白领也不在少数。益男看了看指定座位票上的信息,迈入头等车厢。出差的时候就不用说了,就连家庭旅行的时候他都没有坐过头等车厢。话说回来,益男家好多年没搞家庭旅行了。

反复确认座位号之后落座。头等车厢很空,去滑雪场的年轻人不会在这方面花钱。益男看着表,心情不安起来:再不来的话车就开了。就在这时,窗外出现了小绿的身影。只见她扛着长长的滑雪板一溜小跑过来。益男朝她挥挥手。她也看到了益男,报以嫣然一笑,走向车门。

益男见小绿出现在车里,长出一口气。这时列车开动。

"担心死我了。我还以为你有急事来不了了呢。"

"对不起呀。睡过头了。昨天也真是的,客人怎么也不走,结果只睡了三小时。"

"这可不得了。"益男随口应了一句。她人来了就行,管她睡几个小时呢,不重要。他不满于小绿的牛仔裤。以往在店里,她都是穿超短裙的,本以为今天能大饱眼福……

"今年好像下了好多雪。超级期待!"身边的小绿欢欣雀跃。

益男嗯嗯地应付着,有些不安。小绿滑雪期间,自己干些什么好呢?还没想好。小绿是银座的陪酒女,脸小胸大,眼睛扑闪扑闪会说话,嘴角圆鼓鼓的。她在益男经常用来招待客户的那家店工作。益男每个月会自掏腰包去一回。付款时,夸张的金额几乎令他心脏停跳,但他仍旧坚持去找小绿。没办法,他就是这么入迷。

益男是年逾不惑的上班族,上高中的女儿很少跟他说话,他也没什么想跟老婆聊的,总之就是个极其平凡的中年大叔。体型虽然不油腻,小肚子也还是有的,体重跟年轻时差不多,让他放松了警惕,其实体脂率几乎是二十年前的一倍。头发么——毕竟一把年纪了,也是没有办法的事情。如此发量如果加以精心梳理,毒舌分子恐怕会用"条形码"来形容,而益男的自我感觉是勉强及格。早年三七分,后来二八分，最近几乎是一九分，最可怕的是益男对于这种变化毫不自知。

益男的梦想，就是和魂牵梦绕的小绿来一场温泉旅行。自从和她相熟，益男就频频相邀：

"我说，咱们去一次温泉吧。你不是说喜欢温泉吗？"

面对这种邀请，不会有女孩子应承的。可以断言，百分之两百没有。其实她们的真心话是——来者不拒的话，身体可吃不消呀。小绿也是一样，编造各种各样的理由拒绝了益男。拒绝时讲究一点：不能让顾客心生不悦，做到柔性脱身。一旦惹怒了客人，那就是鸡飞蛋打一场空，必须懂得分寸，拿捏适度，才能在银座生存。小绿，就是其中的佼佼者。

……万万没想到，小绿竟然一口答应：

"嗯，您这么诚心诚意，去一次也行。"

一瞬间，益男怀疑自己的耳朵。

"去……去吧去吧。哪儿好？喜欢哪家温泉？"益男兴致勃勃。

"要我说呀，光去泡温泉挺没劲的不是？小绿想去玩单板滑雪。"

"单板滑雪？"

"嗯。今年还没滑过呢。现在还没有滑雪的打算。要是能顺便去滑个雪，那该多好呀。"

"踩在一块板子上横着滑雪么？"

提到单板滑雪，益男脑子里只浮现出这些。无所谓，玩什么都行，小绿如今答应同行，就是最大的胜利。

"行啊行啊，滑雪好啊。我们去温泉吧！"益男喘着粗气，流着口水，奋力促成自己的好事。

……两人在越后汤泽站下车。周围全是滑雪客，西装革履的上班族大多在高崎站之前就下了车，走在月台上的人当中，只有益男一人是白领打扮。当然，益男对此毫不自知，他的眼中只有小绿。他提起小绿那沉重的滑雪板，说：

"没事。我来拿。"

说完抬腿就走。看他，身穿米色大氅，左腋夹带公文包，右手提着滑雪板，这一身搭配组合有多么奇特，他没闲工夫去考虑，却被身后几米开外的一个作家看在眼里。这个名叫冬野的作家和他身边的编辑说：

"哇，辣眼睛啊。你瞧，那个大叔手里提的是滑雪板吧。"

"嗯，的确是滑雪板没错。不可能是细长的旅行包吧。怎么看都是滑雪板。"

"没错。哎哟哟，世上还真有玩单板的大叔呢。"

"不对不对，你们瞧好了。他身边不是有个辣妹吗？怎么看都是陪酒女。大叔和陪酒女旅游呢。"

"哈哈，既然铃木总编都这么说，那就错不了。骗老婆说出差,其实和靓妹一起泡温泉,真不是东西啊。我还有点小羡慕呢。"

益男做梦也没想到身后有一伙人对他指指点点。他在越后汤泽站换乘班车,目的地是 M 滑雪场。滑雪场前的 P 饭店就是今晚的落脚处。益男的本意是在温泉旅馆好好地温存一番,是小绿执意要住在这里的。

在前台办理入住手续时,工作人员告诉他 3 点才能入住。那些滑雪客在更衣室换衣服,之后把行李存放在储物柜里。

"小绿去滑雪咯。小益你等我。"

"嗯。好。"

还能怎么样?益男连双板滑雪都没玩过。小绿换上一身火红的滑雪服,抱着同样是火红的滑雪板冲向滑雪场。益男目送她远去,之后去酒店的吧台喝起咖啡来。他瞧了一眼四周,发觉几乎所有的人都穿着滑雪服,西装革履的就他一个。两个多小时过去,益男喝了不少咖啡,肚子里咣当作响。过了午饭时间,小绿总算是回来了,一脸的阳光灿烂:

"好累啊,好爽啊!"

益男想发牢骚:凭什么让老子在这里等这么久?这话也就烂在肚子里了。万一惹得小绿不开心,岂不是前功尽弃?小不忍则乱大谋。于是益男说:

"是嘛。挺好挺好。"

两人在可以观赏滑雪场全景的餐厅里吃了午餐。一方是一身鲜红滑雪服的年轻小姑娘,另一方是西装革履的中年大叔,怎么看怎么别扭。这时候益男也开始在意起周围的目光了。反射弧也太长了吧,迟钝到如此地步,足见益男一直都在神魂颠倒的状态。

"我说小绿,你还要滑多久呀?"

"这个嘛……我也不知道。"

"心满意足了吧?你刚刚还说累了。"

"瞧你说的。好戏还在后头呢。刚刚只是热身而已,小绿还没拿出真本事呢。"

"不如在入住之前休息一下吧?滑得太猛容易受伤哦。3点就能进房了。"

进了房间,那就由不得你了。益男心想。

"现在距离3点不是还有一个小时吗?休息太浪费时间了。小益,你去房间休息吧。小绿滑够了就给你打电话,到时候告诉我房间号吧。"

"嗯……行。就这样吧。"

小绿的话句句在理,益男也没什么好反驳的。吃完午餐,小绿匆匆忙忙去了滑雪场,益男无所事事,去了餐厅一旁的小店。这是一家便利店,也有纪念品出售。在这里,益男发现了功能饮料,顿时两眼放光:今晚的对手是年轻的小绿,最好还是喝点功能饮料补一补。于是拿了两瓶,去收银台结账,中途折返,又去拿了一瓶。

总算到了3点,益男成功入住。进房间一看,眼前所见让他很是失望:虽然事先知道只有双人间,但是——这床也太小了吧,严重影响发挥啊。

益男脱掉西服,换上酒店的浴衣,打开电视看,没什么好节目。本来嘛,挖空心思上这儿来,却以看电视来消磨时间,岂不可笑?对了,难得来温泉之乡,怎能不泡温泉呢?

益男打定主意,穿着睡衣就出了房间。前台告诉他这里有露天温泉。他往下走一层,稍微走一段路,见到写有"露天温泉→"字样的指路牌,便沿着箭头所指方向直行。可是走了好久,都没见到露天温泉的影子。更倒霉的还在后头,中途有一家与滑雪场相连的咖啡屋,益男途经此地时寒气侵身,冻得瑟瑟发抖。路过的滑雪健将们见了风中凌乱的益男,个个目瞪口呆。

事实上,露天温泉位于酒店新楼的深处,像益男这样住在老楼的客人要想泡温泉,就必须走过长长的通道。益男不知道有这情况,没有预先看酒店内地图是他最大的失算。他如今已经是执念的化身,毅然前行——事已至此,怎么着也得把温泉给泡了！穿过游乐中心，走过滑累了在啃汉堡包的年轻人身旁，总算到达了目的地。

温泉中伸展开手脚，这才真切感受到"来到温泉之乡"了。再忍耐一会儿小绿就回来了，然后么……益男满心期待。他从来没有如此认真仔细地清洁身体，胡子也刮了，用吹风机理了理稀疏的头发，用放在洗手间里的古龙水喷了喷腋下，不知不觉地哼起小曲来。

泡完温泉的益男心情大好，出来之后却又不得不走过漫长的通道，回房时浑身已经凉透，他不得不在自己的房间里再泡一个热水澡。出浴后益男连喝两瓶功能饮料，心想早喝早生效。他正盘算着是不是要再来一瓶的时候，手机响了，是小绿。

"对不起呀。滑得太投入，一不留神就到这个点了。"

"都6点了。"

"是哦。马上要吃晚饭了。你有晚餐券吧？小绿直接去餐厅了，你也快来哦。"

"晚饭前你要不要来一趟房间？2323号房。"

"那多浪费时间呀。待会儿见！"

话音刚落，小绿就挂断了电话。怎么已经到晚饭时间了？没事，晚上有的是时间。益男寻思着，喝下第三瓶功能饮料，换上西装后出门前往餐厅。小绿在餐厅门口等着，仍旧是一身火红的滑雪服。

"你没换衣服？"

"嗯。嫌麻烦。"小绿吐了吐舌头。

益男眼里，滑雪服没半点情趣。他还是忍着不发作。用于实现梦想的时间，不多了。

餐厅面朝滑雪场。两人坐在窗边，吃着日式的套餐。滑雪场上灯火通明，处处可见夜场滑雪客的身影。

"行了。饭也吃完了，该回房了吧？"

益男把房间钥匙拿在手里起身要走，小绿却没有动身的迹象。她低着头一动不动。

"嗯？你怎么了？"

被益男这么一问，小绿忽地双手合十，说：

"求求你。让我再滑一会儿吧！"

"啊！你还要滑？"

"今年可能是最后一次滑雪了，所以小绿想尽情地放开了滑一次。"

"你还没滑够啊？"

"还想再滑一丢丢。"

益男沉吟半晌，刚想放开嗓门提高音量，小绿自言自语起来：

"是小绿不好，光由着自己性子。小益好心带我来这儿，我却让小益一个人待着,心太狠了。对不起。我这种女人,没资格向小益要求这要求那的。"

说着就啜泣起来。

"啊,不是,我不是这个意思。我是想啊,太拼了对身体不好,是不是?你要是说没问题,那就没问题。去滑个痛快吧。"

"真……真的吗?"

小绿抬起头,眼睛里没有泪花(益男没注意)。

"嗯,真的,就是别太拼了。"

"我知道了。"小绿噌地站起身。

就这样,益男继续独守空房。夜场有时间限制,所以等待也不是特别难熬,倒不如利用这段时间浮想联翩,想象小绿回房后的种种情状,提升兴奋。功能饮料啊,赐予我力量吧!益男朝着内裤发出呼唤。

夜场9点结束。然而9点半了小绿还没回来,10点钟了,连个电话也没有……终于,门铃响了。这时已经将近11点。

"你干吗去了……"益男一开门就开始劈头盖脸地呵斥,很快就收了声——眼前的小绿,头上缠着绷带。

"小绿,你怎么……"

"倒霉死了。小绿被人撞了。"

"被人撞了？"

"我在固定滑雪鞋，有个家伙就朝我撞过来了。刚刚一直在值班员室包扎呢。"小绿拖着一条腿挪进房间。

"伤……伤得怎么样？"

"说是些皮外伤，让我今晚静养。脑袋上撞了一个包，啊——真倒霉！"

小绿换了一身运动装，径自钻进被窝。

"怎么不联系我呀？"

"我不想连累小益。事情闹大了不好。"

益男沉默了。的确像小绿说的那样，他们是来偷情的。

"小绿保密。放心吧。"

"小绿……"

"小绿先睡了。伤得不重，别担心。晚安。"

小绿转过身去，背朝益男，把毯子拉过肩。益男彻底懵了——这算是哪门子偷情啊？等了老半天，什么也没干，就这样各睡各的啦？太残忍了吧！天底下哪有这样的事！

益男挨近小绿的床，战战兢兢地伸出胳膊，把手放在她的肩头，轻声说：

"我说，小绿啊……"

"啊呀，疼！疼疼疼疼！"小绿忽然叫唤起来。

"怎么了？哪儿疼？"

"全身都疼。急救队员说了，今晚可能全身都会疼，让我安静休养，不能随便碰身体。啊啊啊，疼！疼死我了！"

面对这么个情况，益男也不好霸王硬上弓，只得悻悻地躺回自己的床。

"搞什么嘛，搞什么嘛，我到底干吗来了？什么也没捞着嘛。亏我忍了这么久，什么也没捞着嘛！"

种种不满、苦恼、后悔、疑问，在他的脑海里盘旋打转，没有一件能让他释怀的。也难怪益男。他一心想跟小绿上床，这才坚忍到现在，没想到连一根指头都碰不得，简直丧尽天良啊。

可能各位心里已经有数了，这一切都是小绿做的局。她才不想跟益男有什么瓜葛，单纯想来滑雪罢了。要是能蒙住个别一心想和她来一场温泉旅行的客人，岂不是一箭双雕？伤痕都是伪造的，绷带也是事先准备好，自己缠的。而且，小绿早就看透了益男，他可没那个胆子来个乘人之危。

可怜的益男，只能眼巴巴地望着小绿的后背。三瓶功能饮料威力惊人，益男的下体血脉偾张，他死命捏住它，没有半点睡意。

天蒙蒙亮，益男总算是有了睡意，开始打盹。忽然电话铃声把他惊醒。那头传来酒店工作人员的声音：

"实在对不起。现在已经过了退房时间了。"

益男慌慌张张地看了看表，10点过半。隔壁床上的小绿已经不见了踪影，行李也消失了。

"喂喂，先生您在听吗？"

"小绿呢？和我一同来的人呢？"

"啊？"

"算了。我马上退房。"

益男挨近小绿的床，只见枕头上放着一张便笺，上面写着：

伤口很疼，小绿去医院了。本来想叫醒你的，看你睡得这么香，不忍心叫醒。谢谢你哦，小绿很开心。回东京后再来喝酒哦。

益男打开衣橱，搜了搜上衣口袋。放在里头的两张返程票现如今只剩一张了。

下午两点，益男出现在东京站。他刚从新潟县开往东京的上行列车中出来，仍旧是一脸茫然，周围的一切都视而不见，也没有能力去思考，仿佛刚刚经历了一场巨大的变故。然而，他做梦也没想到，真正的悲剧即将拉开帷幕——他只要去公司，就会被告知太太来过电话了。他更想象不到，太太会用怎样的手段来制裁他。

作家冬野及其随行编辑正好和益男同乘一班列车返回：

"啊，那个大叔今天一个人。发生什么了？"

"嗯哼，被人甩了呗。妹子抛弃他了。"

"是嘛。真可怜。嘻嘻嘻……"

"冬野先生，您不写上一篇？小说名字就叫做《大叔滑手》。怎么样？"

"嗬，名字不错。下个月我写写看……"

伤心的益男做梦也没想到，他的身后仍旧是这伙人在说风凉话。

接下来是高尔夫？

不知道为什么，随笔成了连载。回忆当初，我不过是想说我迷上了单板滑雪而已。2003年的滑雪季我过得非常充实。各地降雪充沛，11月下半月，我几乎每周都去滑雪场，一共去了将近三十次。自我感觉进步挺大的。

大概是因为我到处宣传单板滑雪的乐趣，滑雪季过半时，越来越多的编辑宣称也想参与进来。某川书店的E君和A君当属其中翘楚，不停地发来邀约，要与我同行，目标直指北海道。

"滑雪当然要去北海道咯。吃得好，还有温泉。"入职比较早的E君说道。

"我问一句啊，你们会玩单板吗？玩过吗？"

"我只玩过一次。"E君回答。

"我也只玩过一次。拐个弯什么的没问题。"A君也是一副跃跃欲试的样子。

"嗯，那还行。E君说擅长玩双板，万一单板不行，就换成双板，妥妥的。"

就这样，我和两位年轻编辑一同前往北海道。这是个错误——我忘了这两位是业内知名的吹牛双簧。我让他俩比画比画，结果两人在踩板的状态下连起身直立都做不到，换句话说，我得给他俩进行零起点教学。

我们乘上札幌国际滑雪场的吊厢，上去容易下来难，滑下来整整花了三个钟头。不是我吹牛，这段路程让我一个人滑，五分钟足矣。真是服了他俩。我一心想打开局面，便在第二天下午让E君滑双板。据他本人所言，连续小转弯（双板滑雪最难的技巧）是小菜一碟。我觉得他是在吹牛，"不过多少还是会一些的吧"——我又想错了。别说什么连续小转弯，就连最最基本的蛇形滑降都别别扭扭的。

大老远跑到北海道，摔得浑身是雪狼狈而回，E、A两人想必是相当懊丧。回东京后过了一阵子，两人苦苦哀求，请我教他们玩单板，说这回是真心实意的。时间已经是4月，我仍旧是每周去一趟滑雪场，顺便捎上他们。我以为他们是三分钟热度，坚持不了多久，不料他们几乎每周都跟着我去了。日积月累，努力显成效，两人滑得有那么点儿意思了。他们放眼下一个滑雪季，打定主意要买滑雪板、滑雪靴，以便第一时间进山滑雪。两人斗志如此昂扬，似乎是为了给自己的桃花运充值。动机虽然不纯，但对于我来讲，"单板教"信徒的队伍日益壮大，比什么都开心。且听A君的梦想：

"明年的二三月份，带上滑雪板，开自己的车，和女朋友一起去滑雪场,教她滑雪。"

A君,加油吧!为了达成这个目标,要买车,要买滑雪板,滑雪技术要达到一定水准,最最关键的是要找到一个女朋友。哎哟哟,漫漫长路啊。

和A君梦想相同的还有某谈社的S君。他也是我的弟子之一,曾经的棒球少年,运动神经发达,体力也比E君、A君好不知道多少倍,而且年纪也轻,胆子也大,陡坡什么的完全不怕,一个猛子就扎下去。一众弟子当中数他滑得最好。

S君还自费购买了滑雪板和滑雪靴,光这一点就比A君先进了一步。而S君最大的优势,是他有女朋友。滑得最好的S君唯一缺少的就是一辆属于自己的车。A君啊,你至少比S君先买车吧。

一同玩滑雪的伙伴多了,而雪却随着季节更替越来越少。时值5月,滑雪场挨个歇业,我在写这篇稿子的时候,还在营业的只剩两三家特殊的滑雪场。5月2日,我去了神乐三俣滑雪场,就当是收官。

SSAWS如今不复存在,淡季滑雪几乎是不可能的事情。当然,也不是完全没辙。比如玩U型池,还是有几家室内练习场的。但U型池我还不敢涉足,挑战它是需要相当大勇气的。还有一个办法——离开日本,比如去新西兰,七八月份也能滑个痛快。在这部连载随笔中屡屡露面的作家黑田研二（变态男"黑研"），去年为了修炼刻滑技术专程远赴新西兰。然而我英语很烂（其实是根本不会），相比人生地不熟的国外，对于U型池的恐惧感还是可以克服克服的。种种因素叠加，致使我还没制定淡季的滑雪计划。

我泄漏了暂停滑雪的消息，不少编辑就找上门来了（天晓得他们从哪儿听到风声的），怂恿我从事其他体育运动。所谓的"其他体育运动"其实只有一个——高尔夫球。

"去打高尔夫球吧。高尔夫很有趣哟。我给您介绍场地。东野先生，打高尔夫球吧。东野先生，东野先生！"

差不多就这感觉。这就是所谓的"招待高尔夫"吧。装作陪客户打高尔夫球搞关系，其实就是想用公款爽一把。这点小心思，我懂。

我只是有一点小小的不满。既然是招待，那就应该顺应客户的喜好。说一桩业内常识，如果你想去接近执当今日本悬疑界之牛耳的"大极宫"团队，要是不会打高尔夫球，那就直接出局了。最近某电视台的制作人，志在获得"大极宫"团队中那位超人气女作家所著作品的电影版权，结果遭到某大胡子员工的威胁"先打一场高尔夫再说"，吓得赶紧去球场练习。搞招待就要这样嘛，所以各位编辑应该拿单板滑雪来招待我，而不是依着你们的喜好来。

挑战

　　说了这么多，好像我固执己见也是白搭，找一项暂时替代滑雪的体育运动倒是真的，于是我决定把高尔夫球也列入候选。说实话，我不是没打过高尔夫球。十多年前我就参加过培训，下过球场，分数也多次超过一百分，但是没有坚持下来。理由如下：一是日本泡沫经济破灭后朋友们都不打了；二是费用太高；这第三点最最致命，我看不惯高尔夫球场那莫名其妙的趾高气扬，还要给球童小费，这算是哪门子行业潜规则。

　　"现在时代不同了。费用便宜，高尔夫球场为了活命个个豁出去了，一点儿都不趾高气扬。"

　　不少人这么说，我也信了，心想要不就玩一玩吧。然而，我不经意间留意到一件事，顿时让我断了念想。这件事跟打高尔夫时的着装有关。我真想说：

　　"为什么这么土！怎么非得穿成这副德行？"

　　真的，太没品位了。前面提到的某谈社的S君，因为工作关系不得不打高尔夫。我问他穿什么衣服打球，他一脸忧郁：

　　"这个嘛……不就是那种衣服吗？上身是奇怪的马球衫，下面穿那种宽松的休闲裤。"

　　运动时穿一身自己都觉得古怪的衣服，怎么可能开心？S君也说要不是为了工作，鬼才打高尔夫球，那身古怪的马球衫早就想丢掉了。还说死都不想让女朋友看见他穿那身衣服的样子。

我可以断言，高尔夫球在年轻人当中流行不起来的最大原因正是那身衣服——把年轻人都吓退了。

"相比以前算是好很多了。泰格·伍兹不就很帅气吗？"

不少人或许会这么说。殊不知那是因为伍兹本人帅气，他的着装绝对说不上有多好。他穿别的衣服说不定更帅。我查了一下，有人说日本高尔夫球手的着装可谓是丑冠全球，这种着装有以下特征：

- 高尔夫球服上印有动漫人物图案
- 注重品牌标识
- 爱用金银线装饰
- 爱用中性色

说到我心里去了。上述着装确实很常见。高尔夫球场上满是这种着装，自然土不堪言。

打高尔夫球时的着装是有一定规矩的。根据我所掌握的资料，有以下几点：

- 上身必须穿着有衣领的衣服，下摆必须塞进裤子。可以披一件防寒的外套。
- 下身是长裤。但不能穿牛仔裤。穿短裤的情况下，必须穿长筒袜。

不喜欢马球衫的话，可以穿高领毛衣。很遗憾，我是人间罕见的怕热分子，高领的衣服基本不穿。何况需要穿高领衣服的季节，我早就去滑雪场了。

既然打高尔夫球时着装有要求，那么高尔夫球手们穿成那样也是迫于无奈。也许当中也有人在尽可能地装点打扮自己。

那么，为什么高尔夫球手的着装有这些繁文缛节呢？因为是绅士的运动？问题是穿成那样，绅士风度何存？难不成……这是一种策略？刚才我说了打高尔夫球门槛高，或许是有意而为之。设想一下，服装自由了会怎样——奇装异服的年轻人很有可能占领高尔夫球场。到时候，大叔大爷们可就无处可去了。

有着繁文缛节的着装，或许是保护高尔夫球场这片净土不受年轻人侵袭的屏障。这样就解释得通了。说回我自己，那身怪里怪气的马球衫我就是不想穿，所以结论很明显了：高尔夫球当单板滑雪备胎的可能性极其低。

我去了月山！

就这样，我一直在寻找淡季期间有什么可玩的。这期间，我的脑子里飘出几个疑问：究竟什么时候算是淡季？现在是淡季吗？上一篇随笔当中我写了，这期间能玩 U 型池的室内场地还是有几个的。要我说，淡季应该定义为不能进行户外滑雪的时间段。

这篇随笔是 6 月过半时写的。人们一定会觉得，这个时间日本国内是绝对滑不了雪的。其实不然。山形县的月山能滑雪。滑雪爱好者估计都知道这个地方，海拔 1984 米，和汤殿山、羽黑山并称"出羽三山"。月山积雪极为丰厚，滑雪场一开就是大半年，俨然是一个异次元空间。

我第一次听说月山是在念高中的时候，跟滑雪没半毛钱关系。当时获得芥川奖的作品就叫《月山》，作者是森敦。想当年我不爱阅读，只不过是语文课老师在课上提过，隐约记得老师说芥川奖得主往往是年轻作家，而这个森敦是个老先生。当时我的语文课成绩不佳，老师讲的内容几乎不懂，单单记住了月山，多年后也没忘，挺有意思的。

好像是上大学的时候，我了解到月山是个夏天也能滑雪的地方，没怎么放在心上。当时我就是个普普通通的双板滑

挑战

雪玩家,一个滑雪季能玩上个两三次就满足了。

自从去年起,我对月山给予特别关注。好不容易学会单板滑雪,没过多久,各地就没雪可滑了。正闲得慌,T女士给我支着儿,说还有地方能滑雪。然而我没有动心,一是因为当时亲爱的SSAWS还在,二是我听说月山虽然能滑,但滑道上全是混着污泥的脏雪(好像去年月山的降雪量也不大)。

今年情况不一样了。各地的积雪量都挺丰厚,想必月山也不例外,岂有不滑之理?于是我找T女士商量,她听后两眼放光:

"说实话吧,我也觉得既然都到这个地步,别无选择了,只能去征服月山。"

"既然都到这个地步"——这话是什么意思?是不是说自己既然当了这么久陪练,干脆好人做到底?我火速联系S总编,他二话不说就答应了。

就这样,在大千世界已经切换成夏季模式的6月,我们三人飞赴山形县。且说出发前,我照例请快递公司把滑雪板、滑雪靴等送到目的地,上门取件的大婶目瞪口呆。从去年冬天到今年春天,我麻烦了她好多次。她一定觉得我太能折腾了。

飞机降落在庄内机场,之后三人开着租来的车前往旅馆，S总编当驾驶员。据说旅馆就在滑雪场边上。从庄内机场到月山大约一个小时车程。我们在高速公路上飞驰，在普通道路上也必须飞驰，想慢点开都不行。为什么山形县的司机们都爱开快车呢？是不是和北海道的司机一样，路程长了，自然就开得快呢？S总编时不时靠一侧让行，实属贤明之举。

切身感受到海拔升高了，远方的群山披挂着白色。我们不由得嗷嗷地欢呼起来。

"果然有雪！不是骗人的。"

"那是当然。骗人遭雷劈。对了，哪个是月山啊？"

"总编，请您开车的时候目视前方。"

三人叽叽喳喳，车已经开在狭窄的山路上了。经过志津温泉，路程就所剩不多了。

在一块写有"月山滑雪场"字样的招牌处拐弯，我们被眼前的景象镇住了——路上停了一长溜车。看车牌，有来自青森、宫城等周边地区的，也有从习志野、多摩等地千里迢迢赶来的，这里果然集中了全日本的滑雪爱好者。那些从千叶或者东京来的人，精神可嘉啊！

到达旅馆后，三人马上动手换衣服。这时有一点小疑惑：穿什么合适呢？滑雪服我是带来了，然而眼下是夏季呀。看看户外的行人，穿T恤的占绝大多数。话说回来，这些人基本上是玩双板的，相对容易摔倒的单板玩家还是选择穿长袖。

S总编说穿长袖，T女士则是一身运动服，她甚至连滑雪服都没带来。我在一番思想斗争后，决定穿半袖T恤（我本来就没有长袖的衣服）。可是没有滑雪服又有些心虚，就把滑雪服缠在腰间。针织帽无论如何都太热了，我选择了GAP的棒球帽，蓦然发觉T女士竟然戴着同款，仿佛一对老夫老妻（这个词恐怕会激怒T女士）穿着情侣装齐上阵，让我有些不好意思。S总编戴了一顶冬天用的针织帽，说：

"哇——好热！失算失算。根本没考虑帽子的问题。"

其实他失算的不光是帽子，事后洗澡的时候又是各种"失算"。来之前明明说了是简易旅馆，他愣是什么洗漱用品都没带。依我看，他是习惯性地把与作家一同出游当成是高端豪华游了。我说总编，你这观念得改一改啊。

准备停当，出发！听人说从旅馆出发走五分钟就能到滑雪场。果不其然，走出旅馆后没多久，前方就出现了积雪，踩上去发出清脆的嚓嚓声，悦耳动听。我惊讶于这里优质的雪质，比4月中下旬体验的春季滑雪好太多。

我们高兴得太早了。没过多久，三人都陷入了沉默——我们在雪坡上走了好久，愣是没见着缆车站点。"徒步五分钟即达滑雪场"没错，走到缆车站点却要足足二十来分钟，早说嘛!

好不容易走到,三人已经是气喘吁吁。喝一口果汁,喘几口大气。我的 T 恤已经湿透了。后来我才知道,这一带是自然保护区,所以限制了索道和缆车的建设。累是累了点,那也是没办法的事情。这个季节还能滑雪,已经很幸福了。

三人经过一番休整,准备乘上吊椅。站点附近已经没有雪了,各路玩家们都得抱着滑雪板坐上去。吊椅上安装了一个可以搁置滑雪板的小小的台子。我第一次坐这种吊椅,总感觉板子会掉下去,有点担心。后来坐了几次也没出问题,就不再介意。(第二天我就尝到了掉以轻心的后果。)

从吊椅上望下去,滑雪场一片雪白。刚开始我心想会不会到处是裸露的山岩,但眼前的景色立刻打消了我的疑虑。我甚至怀疑自己的眼睛:这真的是 6 月的风景吗?

也不全是喜事。占据滑雪场大部分面积的大斜坡上到处是雪丘。这些雪丘是单板玩家的天敌,难怪来场的大部分是双板玩家。

下了吊椅,附近也没有雪。简易小屋的周边说是滑雪场,其实更像是夏天的露营地。竟然有一群人在这里烧烤,还有人烧起开水泡方便面。我们还是得抱起滑雪板从这里一路往上走,才能到达有雪的地方。我以奔五之躯爬坡,当真不易，但看看四周，不少玩家年纪比我还大。大家都在努力加油啊。

好不容易走到斜坡中段。想去更高处滑雪的人，要借助一种叫做"T形拖牵"的设备。此物形貌奇特，滑雪者将一端固定在缆绳上的T形金属器具夹在两腿之间，由缆绳将人拖拽着滑行。双板玩家或许没有什么不便，但单板玩家的滑雪板是横在脚下的，他们怎么上去呢？我仰头望去，见到的全是双板玩家。继续观望一阵，总算有一位勇敢的单板滑手出现，经过一番艰苦卓绝的斗争，总算挂搭上去——他也没有成功把T形器具夹住，全靠臂力勉强坚持。

"您要不要出马挑战一下？"T女士面带冷笑。

那玩意儿看着就难受，即便要挑战，也得继续往上走到T形拖牵的站点才行，于是我当场谢绝。再说了，用它提升的高度也没多少，犯不着费这个劲。

就这样，我们三人决定在主流线路上滑雪。这主流线路也不轻松，坡度虽然不大，但坡面没有经过平整处理，到处是坑坑洼洼。其次是距离很长，滑一轮就让我的大腿又酸又胀，上气不接下气。

我们每滑两轮就要充分休息，以如此舒缓的节奏反复多次，最后大家商定：难得来一次，不如挑战一下满是雪丘的大斜坡。征服雪丘，乃是我入圈之后要攻克的一大课题。现

很奇妙的风景。草原和雪山。我默默攀登。来这儿的全是一群"瘾君子"

挑战

如今，检验训练成果的时候到了！

然而，月山的雪丘不是好惹的。一路上都是，一个接一个，前后左右，四面八方，无穷无尽，令我的下盘哆哆嗦嗦，以一种搞不清楚是滑雪还是翻滚的姿态冲过终点。严峻的现实摆在眼前：训练成果完全没有体现出来。这一场与雪丘的较量剥夺了我们剩余的体力，当天的滑雪到此为止。

第二天，我们的训练成果总算是得到了体现。爬坡时我们尽量慢慢走，以减少体力消耗。其次就是吊椅票。我们买的不是一日票，而是次数票。前一天的经验告诉我们，考虑到我们几个的体力，购买这些次数足够用了。

没想到次数票在意想不到的地方暴露出它的缺点。坐吊椅时，我正把票塞进口袋，拿滑雪板的手不小心松了，板子便飘飘悠悠地掉了下去。不少人会把手套护目镜什么的掉下去，但是像我这样掉滑雪板的，恐怕不多吧。

幸运的是下面没人，也没有雪，而是茂密的草丛。滑雪板砸到地面，"咣"的一声十分响亮，随后倒伏在地。我目睹全过程，心想："嚄，板子还挺结实呀。"

接下来的一瞬间我慌了——落地的滑雪板开始滑动。

"哎呀，草上也能滑呀。"

我可没那闲工夫感叹，我真慌了。

滑雪板好像被什么东西挡了一下，停住了，接下来的问题是怎么取回。我和缆车操作员商量，决定有劳 S 总编去捡。在等待滑雪板送来期间，我在简易小屋的附近散步，周边一带已经化为野餐场所。瞧见写着"月山神社"字样的招牌，这才知道这里是一片神圣的土地。回东京后我见到京极夏彦，说去了一趟月山。他说：

"嗬，那可是灵山。去参拜了？"

民俗学家眼里，月山呈现的是另一面，和我们的着眼点不一样。

多亏 S 总编的一番努力，滑雪板总算回到我身边。为了挽回刚才休息的时间，我玩命地滑起来。说来也怪，习惯了之后，难度颇高的斜坡也渐渐地不那么累人了。再看 S 总编，大概是累得够呛，休息的频率越来越高。不过我和 T 女士都知道，他和同乘一台吊椅的妹子聊得可欢了。老兄，有一套啊！

就这样，我们三人尽情享受了一次游离于季节之外的滑雪之旅。回到旅馆后，我们在露台上喝起啤酒来。露台上有桌子，还有大大的沙滩伞。

穿着 T 恤衫喝啤酒，沐浴着太阳的光辉瞭望雪白的滑雪场。世界上竟然有如此梦幻般的享受。明年也想来。

"我满足了。我想我不会来了。"S 总编说。

我说老兄啊，有话好说嘛。

冰壶挺带劲，大意要人命！

这篇随笔的题目有些奇怪吧。这么写自有道理，您看下去就明白了。

本人东野、T女士、S总编三人继续上下求索滑雪淡季的娱乐活动。商议的结果，这次来个"扫除盲点"，挑战冰壶。为什么叫扫除盲点呢？一般认为夏天不能进行冬季运动，其实是有的，很意外吧，这就是认知上的盲点。

说来也巧，有消息说神宫的溜冰场开了个冰壶培训班，三人马上报名参加。

了解冰壶的人不少。冰壶是一种冰面上的对抗性运动。两支队伍交替丢掷带有把手的扁圆形石壶，石壶靠近标靶圆心的一方得分。以往这项运动在加拿大最为盛行，在成为冬奥会项目之后，在美国和欧洲也是相当有人气。十多年前我去加拿大朋友家玩，朋友的太太说："冰壶好像要上奥运会了，我想在这儿好好练。日本很少人玩这个。"当时我就当是玩笑话听了，现在想来，假如朋友的太太付诸行动，如今说不定已经进日本国家队了。

这项运动不仅需要运动能力，还需要谋略，有"冰上国际象棋"之称。了解规则之后再来看比赛，绝对有趣，观赏冬奥会的乐趣会翻倍哟。这里就不详细介绍冰壶规则了，再说我们三人也没有资格参加冰壶比赛（压根儿什么也不会）。事实上，我们派出 T 女士去探了探口风，培训班的负责人说："新手不可能马上参加比赛的，至少要接受两三次培训吧。"唔——看起来容易做起来难。

说实话，这不是我第一次挑战冰壶。以前有一家杂志社搞了个活动，叫什么"挑战冬季五项"，我大摇大摆参加了，当时玩的就是冰壶，其实仅仅是摆个架势让人拍照，没学到什么东西。那时是长野冬奥会之前，所以算起来也有六年了。当年的浅尝辄止，令我产生"冰壶没什么难度"的错觉，所以我对 T 女士、S 总编大放厥词：

"比起单板滑雪，冰壶就是小菜一碟。"

7 月的某一天，我们三人起了个大早，一同前往神宫的溜冰场。到达时 7 点刚过，心想是不是没开门呀。不料停车场里已经停了一长溜，而且都是进口豪车。进场后，发现场地已经被某花样滑冰团体包了下来，小姑娘们溜得有板有眼，堪称华美。溜冰场围栏外站着她们的母亲，个个眼含期待，关注着自家女儿的表现。我明白了，那些进口豪车就是她们的座驾吧。

更让我惊讶的是，教员中竟然有佐野稔。他的大名恐怕是人尽皆知了，把日本男子花样滑冰的整体水平提升到国际一流的关键人物。说起来,我的前妻在上大学时也是花样滑冰运动员,曾经师从佐野,我还见过他那时候的照片。算起来已经过去二十多年了,岁月不饶人,昔日冰上王子,如今风华不再。

我正伤怀,冰壶培训班开始了。首先要做的是投保。冰上运动危险啊。我做梦也没想到,稍后我将切身领会参加运动伤害险的重大意义。

当天参加培训的连我在内有十人,戴眼镜的居多。都说冰壶是"冰上国际象棋",或许会吸引学霸来挑战。后来我了解到,的确有不少毕业于东京大学的人来玩。殊不知玩冰壶动脑子之前先要动身体,大多数人在这头一关就败下阵来。

用心做了拉伸,之后走上冰面。此前工作人员递给我两件东西。一件叫毛刷。提起冰壶,大多数人都会联想到运动员用刷子磨搓冰面的情形吧。另一件东西固定在鞋底,像是拖鞋。装上它之后,人就能在冰面上哧溜溜滑动了。它只装在滑动的那只脚上,往后蹬的脚上不装,一只脚往后一蹬,然后单凭另一只脚在冰面上滑行,就是这种感觉。我这么描述,您或许感觉不难,但实际做起来十分困难。我觉得还是滑冰简单些。别的不说,光是站在冰面上就感觉晃晃悠悠的。

"东野先生，我想在围栏外面专心拍照。"

T女士似乎嗅到了危险。我心想，这不是临阵脱逃吗？不过以眼前的状况，这么说她有些过分了。毕竟她一旦滑跤，相机必然粉身碎骨。算了算了，随她去吧。

在练习丢掷石壶之前，我们需要掌握一项技能，便是让自己的身体往前滑。具体来说，摆出下蹲起跑的姿势，用一只脚蹬身后的墙壁，身体保持下蹲的姿势的同时向前滑行。双手支在冰面上的话会妨碍滑行，所以要把毛刷横在身体前，双手搁在刷柄上。

说得简单，做起来很难。我体验了好几种"滑"的体育运动，然而不论是单板滑雪还是双板滑雪，滑行时人是站着的，只有在摔倒时才会四肢着地。而冰壶是以"趴着"的姿态开始滑行，前所未有的新体验令我有些不知所措。

趴式滑行，此时意外发挥才能的是S总编。大家都在苦苦挣扎，只他一人流畅滑行，连教练也说他"姿势完美"。我再次认识到，人只要勇于尝试，总能找到适合自己的东西。

反复练习滑行多次后，开始练习丢掷。首先是以坐在地上的姿态，给石壶轻轻施加旋转，同时往前送出。给石壶施加旋转，使得它的走向更加稳定，不易受冰面状况的影响。冰壶运动的英文名是curling，本意就是让石壶轻轻旋转。

切实领会旋转石壶的感觉后，接下来就是正式的丢掷练习。将毛刷夹在腋下，握住石壶的手柄，用力往后一蹬，同时留心身体的平衡和节奏。起步时的动作便是方才反复练习的趴式滑行，但此后的动作则大不相同——全身开始滑行后不久，单单把石壶送出去。石壶离手的一瞬间，四肢着地的状态就成了"三肢着地"，大多数人会因此失去平衡，摔倒时有发生。

"虽然石壶承载了身体的一部分重量，但身体的平衡却不能依赖石壶。这里头的分寸比较难掌握。"教练如是说。

可见这才是最大的难关。方才还是优等生的S总编也在丢出石壶的一瞬间整个人趴在冰面上了。看其他学员，能够在完成丢掷后保持姿态的实属凤毛麟角。我也尝试了，果然也是在石壶离手的一瞬间失去平衡。唔……好难。完全不是"小菜一碟"。

经过几次练习，我总算是成功完成了一整套动作：丢出石壶后也保持住姿态，继续往前滑行。虽然不知道完成质量如何，自我感觉还挺像回事的，也体会到了这项运动的乐趣。

"冰壶挺有意思的嘛。你说呢？"

"是啊。这种感觉挺妙的，我要上瘾了。"

还没比赛就已经乐在其中，要是正式开始玩比赛，岂不

我用毛刷搓地的姿态备受赞赏，然后我就经历了一场噩梦

是要欲罢不能？

　　石壶的丢掷方法算是掌握了，接下来进行搓地练习。通过用毛刷搓地，就能够控制石壶的速度和走线。学员们排成一列，手持毛刷练习搓地。没什么难的，场面就像是水手擦洗甲板。我想象自己搓地的情形，感觉挺有喜感的。

　　殊不知体育运动容不得一丝马虎大意，我一时松懈，造成脚下一滑。

　　"哎呀！"

　　脑子反应过来的时候，冰面已经贴在脸上了。

　　"糟糕！"我心想，"要受伤了。要给大家添麻烦了。受伤的话会流血吧。麻烦大了。"

　　说起来挺不可思议的，那时候的一切情形都成了慢动作镜头，我在十分客观地观察即将身负重伤的自己。

　　吭当！咯哒。好瘆人的声音啊。下一秒，我就躺在冰上了。

　　接下来发生的事情我就不详细写了，没人会喜闻乐见的。一句话，冰壶课程就此画上句号。我就写一写后来发生的事情吧。我被抬上了救护车，送到庆应大学医院。我第一次上救护车，还挺高兴，心想机会难得，便微微睁开眼，瞧一瞧车内的情状。

　　我伤了头，在医院接受了彻底的检查，以确认脑部是否有损伤。

"颈骨好像没问题。"医生告诉我 X 光检查的结果,"只不过额头的伤很深,叫人马上给你缝。鼻子也破了,可能也需要缝合。然后去口腔外科治疗,你的门牙断了。之后去耳鼻科看鼻子,鼻骨折了。"

我的天爷!伤处还真不少。所幸没伤着脑子,难怪医生护士还挺从容。

"东野先生,您是作家?"急救科的大夫问我。

"啊,是的。"

"听说您是在玩冰壶的时候受伤的。作家为什么要玩冰壶呢?"

"这个嘛,说来话长,简单说来就是采风。"

"要采集不少素材吧。"

"嗯……"

"别的还做些什么?"

"单板滑雪什么的。"

"单板滑雪?唷,被人逼着干这干那的,当作家还挺不容易的。"

此言差矣,我是出于兴趣好不好?不过我也懒得解释,就嗯嗯地敷衍过去了。

额头的伤口缝好,脸上的伤也清理完毕,正在补牙时,冰壶培训班的教练们来探病了。他们向我赔礼道歉，说是指导方法存在问题，令我实在不好意思。

"是我自己得意忘形了，不小心摔倒的。请别在意。"

门牙折了说话漏风。即便如此，我还是拼命解释自己无意归咎于冰壶培训班。

我必须声明，冰壶本身不是一项危险的运动。需要人的智慧，也紧张刺激，非常好玩。危险源于参与者忘记这是冰上运动而疏忽大意。本来嘛，没有一项运动是容许疏忽大意的。

我被抬上救护车之后过了四个小时，就在S总编的陪同下离开了医院。鼻子和脑门上贴着巨大的创可贴，门牙用胶粘了起来。

随笔当中不能回避写受伤的经历，但也不能因此损害了冰壶运动的形象，所以最好的办法是在我伤愈后再次挑战冰壶——在回家的计程车中，我这么想。

不过呢，T女士和S总编恐怕会反对吧。

从打基础做起

上篇随笔记录了我终结于无妄之灾的冰壶体验。此后过了一个月，我脸上的伤淡了不少，门牙也基本上固定了，鼻梁骨恢复得如何则完全是个谜，总之差不多是满血复活了。但也嘚瑟不得。口腔外科的大夫忠告，这颗门牙若是再受伤，恐怕是保不住了。按眼下的情况，挑战 U 型池基本不可能。此时 T 女士打电话来催我：

"您好像康复了，接下来能不能挑战一下别的呢？"

真是冷酷无情啊。他们好像没有终止连载的打算。

这个月还真是没什么要挑战的，也不是说完全没有锻炼。受伤一周后，我就开始像往常一样活动身体，也就是去健身房。我去附近的健身房锻炼身体始于 1999 年，到现在也有四年了。嚅，还挺有长性的。其实也没有多认真，一周平均去两次。自从开始玩单板，冬天我一周只去一次，毕竟滑雪累人嘛。

去健身房的初衷是减肥。当时的体重有八十公斤，体脂率超过 25%，自我感觉良好，但中年发福的现象的确在我身上悄悄地发生——这情况不是我自己发觉的，而是家母指出来的。

"有一阵没见，你胖了嘛。瞧你的胳膊，胖乎乎的，跟大白猪一样。"

敢如此一针见血的只有家母，没觉得她是在说笑，也不觉得夸张。我当真有了危机感，担心自己要变成大白猪了。

当时，广末凉子主演的电影《秘密》正在拍摄当中，我也为电影的宣传出一份力，出席各家杂志的采访，也拍了照片登在杂志上。看见照片的朋友众口一词"你小子胖了啊"，说得我心焦，心想这可不行，化为大白猪的过程瞒不过群众的眼睛了。

于是我就报名健身了。和健身教练商量之后，火速订立塑形计划。我还测了体力，结果令我大跌眼镜——体力下降得一塌糊涂。特别是心肺功能之低下，简直惨不忍睹。

小学时我参加游泳培训，此后坚持体育锻炼。初中、高中、大学，我一直都是体育兴趣组的成员。进公司上班之后，我和朋友们组织体育沙龙，打羽毛球乒乓球，乐在其中。后来我来到东京成为职业作家，十几年来只粗粗研究过高尔夫，其他和体育运动沾边的事情几乎没干过。其间我用自己的方式搞过减重训练，但提高心肺功能的运动可以说是空白。

"这种人反而问题大。"教练说，"自我感觉身体在运动，然而实际上并没有运动。这种错觉往往会导致重大事故。亲子运动会上曾经是运动员的老爸栽跟头,就是因为这个。"

教练没有要打住的意思:

"这是一方面。另一方面,肌肉衰弱自然会导致新陈代谢水平降低,然而人往往意识不到这一点,吃得和往常一样多,脂肪消耗不掉,就会堆积起来。表面上体形和年轻时没差多少,其实肌肉都变成脂肪了。要是不去干预,人就会发胖。"

这不是在说我嘛。我吓出一身冷汗。

我开始健身。说实话,很痛苦。哪里痛苦?太单调,太无趣。尤其是动感单车、跑步机等等有氧运动,花时间不说,还容易厌倦。又辛苦又无聊,难怪会兴味索然。

更要命的是,如果减肥效果立竿见影,那也罢了,坚持两个星期后,我的体重丝毫没减,反倒微增。这是怎么搞的?我找教练理论。

"又不是电视上的减肥广告,哪有这么快见效的。减得快反弹也快。您就按现在的方案坚持下去,体重肯定会减下来的。"

看他信心满满的样子,我便问他还需要多久。

"第一个月没有任何变化。反而会像您说的那样,体重微微增加,因为肌肉长起来了。燃烧脂肪全靠肌肉。最快也要三个月之后才能明显感觉到瘦下来。"

挑战

什么？三……三个月！如此单调的运动，要坚持三个月？

此时教练的表情是冰冷无情的：

"三个月后见效。要达成您所说的瘦身十公斤的目标，恐怕要一年时间吧。维持体重也需要您坚持运动，一直锻炼下去。"

什么鬼！上了贼船就下不来了还是怎的？下了贼船就复胖成猪了还是怎的？

"大致上就是这么个意思。总而言之就是要保持运动量。如果您热衷于其他体育锻炼，那也是没问题的。"

我这不是因为没什么喜欢的体育锻炼才上您这儿来的嘛。

"对了，有氧健身操怎么样？很欢乐哦。"教练微微一笑。

有氧健身操？让我跳？的确有跳操中年男子，好像是挺欢乐的。再者，我若挑战跳操，绝对能搞到一两个有趣的写作素材……一道难题摆在我面前：有氧运动单调无聊，跳操需要厚着脸皮没羞没臊，该如何选择？

"算了算了，先坚持三个月吧。"我毅然迈向健身器械。

持续健身不懈怠，三个月后我发现体重竟然真的下降了。没想到人体竟然如此单纯，竟然是可以操作的，结果还跟事先的计算相吻合。

初见成效让我动力倍增,去健身房也不再痛苦,反倒是觉得好不容易瘦了,如果半途而废岂不是前功尽弃?心态变得相当积极。常有朋友问我坚持去健身房的秘诀是什么,可见不少人在这件事情上中途败下阵来。不敢说是秘诀吧,只不过我觉得我对健身房的认识是正确的——我不认为健身房是进行体育运动的地方,我觉得它是一种医院,去那里治疗一种叫做"肥胖"的疾病,或者进行生活习惯病的预防。

牙不好的人,就是再厌恶,也会去看牙医,一次也不落。一个道理。

健身房的从业人员看到我这么写或许要不乐意了:拿什么打比方不好,偏偏拿牙医比。当然了,去健身房当然要比去看牙医强几分。但这种乐趣并非来自能看到身穿紧身衣或者泳装的年轻女性,我去健身房四年,从来就没有大饱眼福过。何况我都是白天去的,来健身房的大多是大婶,还有大娘,谈何大饱眼福?期望越大,失望也就越大。

这么说来,乐趣在哪儿呢?我只说我的情况,我的乐趣在于观察来健身的人——当真是什么人都有啊。

前面我说了,我主要是器械训练,目的是塑形。不少兄弟来这儿是为了变成肌肉男。这些人专注于哑铃、杠铃等无氧运动,倒也无可厚非,然而有趣的是,他们无一例外地迷

挑战

恋自己的身体。健身房似乎看穿了他们的心思，整面墙都是镜子。这些业余健美运动员对着镜子展示肌肉自我陶醉的样子，大大刺激了我的想象力。

"嘿嘿嘿……肱二头肌粗壮多了嘛。"

"看我的胸肌。怎么样？妹子都要被我迷死了。"

"哎呀，那家伙的腹肌练得挺带感啊。我得和他比一比。"

"那家伙用几公斤的哑铃？十二公斤？那我就用十三公斤！"

实际上他们在想什么不得而知，只不过是我的想象罢了。

另一方面，有些人怎么看都不像是经常运动的人，却无比投入。这些人大体上是刚报名的，或是为了消除赘肉，或是想在夏天之前变身肌肉男，动机不一而足，但都无比强烈。为了早日达成目标，从第一天起就像打了鸡血一样，往死里练。

此前我见过一位狂练腹肌的小哥。他的脑子里大概是这么想的：

"腹肌！腹肌！想要收腹，必练腹肌！腹肌练出来，人也会更帅！赶紧练出腹肌来，坚决彻底练出来！练他个八块腹肌。腹肌就是生命！腹肌就是全部！腹肌就是人生！"

可以断言，这种类型的人必然不长久。在次日袭来的肌肉酸痛和疲劳的双重打击下，他将失掉去健身房的动力。第二天，小哥觉得肯定连笑起来都痛。

鸡血打得太足，副作用也越大，后来就给自己找各种借口逃避锻炼，最终虎头蛇尾半途而废。一般就是这个结局。那位小哥后来我再也没见过。

不用力过猛，也许是在健身房坚持下去的铁律。

健身房可见各色人等：为了去除脸部浮肿而来蒸桑拿的陪酒妹、来炫耀自己紧实肌肉但很明显酒还没醒透的夜总会牛郎、明明是大夏天却穿着长袖的大老爷们、怎么看都是来找朋友聊天的大婶……有趣的人物形象轮番登场。

然而我在意的是，在他们眼里，我是什么形象——

工作日大白天来，一边听 CD 一边默默玩器械的中年男子。总是一身大汗，器械上也沾满汗水。总爱死死地盯着人看，嘴里还叽叽咕咕念叨着什么……

——"这人，惹不得啊。"

阪神虎队夺冠有感

1985 年，大概是 7 月 2 日吧。我在讲谈社的会客间接受记者采访。此前一天江户川乱步奖揭晓，拙作《放学后》获奖。

几个"必答题"过后，一位记者问我：

"对了，东野先生，您喜欢棒球吗？"

这么问当然是有依据的。前一年忝列乱步奖候补的《魔球》就是一部以棒球为题材的小说。

我说喜欢，记者一副意料之中的表情，立刻追问我是哪支球队的粉丝，十有八九是针对我是大阪人才这么问的。为满足记者的期待，我斩钉截铁地回答："阪神虎队。"听了我的回答，其他记者和讲谈社的员工都笑了。

众所周知，这一年阪神虎队夺冠了。但在记者招待会当天，棒球锦标赛正处于白热化阶段。阪神虎队一路高奏凯歌，成绩前所未有地好，吸引了全国棒球迷的关注。向我提问的记者把江户川乱步奖晾在一边，他更感兴趣的，乃是我作为阪神虎队拥趸的心路历程。

"今年会走多远呢？"记者笑着继续问。

我若是回答"百分之百会夺冠"，那就是成全他了。这个记者也许想在介绍获奖者的文章里,以"一位被阪神虎队暂时性的优秀表现冲昏头脑的粉丝"为他的文章定下基调。然而我没敢夸海口。一番思量后,我答道:

"对于我来说,有生以来最大的奇迹已经发生了。我想今年应该不会再有奇迹了,否则我就是贪心不足了。"

记者见我没跳坑,皮笑肉不笑地点了点头,内心仿佛在说:"老虎队的球迷太冷静,没意思。"

当然,我也不是一直都这么冷静的。夺冠近在咫尺的时候,我和平常人一样兴奋,夺冠的一瞬间,我的大脑一片空白。

但是,我不会因为阪神虎队成绩还行就忘乎所以:即便出现"9局下2出局"的盛况,我也担心会不会被反转,即便一路高歌猛进,我也害怕一次输球会引发接下去的连败。其他事情都可以找到积极向上的一面,唯有阪神虎队,总是让人乐观不起来。只要是老虎队的老球迷,恐怕都会在这一点上找到共鸣。

在让球迷伤心失望方面,阪神虎队是当仁不让的冠军。可悲又可叹。

我成为老虎队的球迷,大概是在小学五年级。江夏丰崭露头角,和田渊幸一结成黄金搭档。我也不是说特别喜欢他们,而是盼着代表大阪的阪神虎队打败气焰嚣张的东京,也就是读卖巨人队。换句话说，支持阪神是出于反东京的情绪。

虽然希望老虎打败巨人，但我从来没指望过它夺冠。当时读卖巨人队正处于号称"V9"的鼎盛时期，球队连年夺冠，总决赛后被球员欢呼着抛向空中的，总是巨人队的总教练川上哲治。刚刚对棒球感兴趣的我连年目睹这幅画面，逐渐形成一种成见：

"冠军是巨人的。这是规定好的。所以没必要关心胜负，享受眼前的比赛就好了。"

当时日本的首相是佐藤荣作。我从记事时起，日本的首相就是他了，所以我以为首相是不会变的。日后田中角荣接替了佐藤荣作的位置，令我大吃一惊。不过我还是暗暗对自己说：

"首相会变，中央联盟的冠军队总不会变了吧。"

后来，中日龙队终结了读卖巨人队的九连冠，我惊呆了——怎么会发生这种事情？此后令人难以置信的事情层出不穷：巨人队成了垫底，长年排位低迷的广岛东洋鲤鱼队、东京养乐多燕子队夺冠，等等。自然而然地，我开始幻想：东洋鲤鱼和养乐多燕子都能夺冠，兴许咱们老虎也有奇迹？

没花多长时间，幻想就破灭了。阪神没能赢。有一阵成绩还不错，没坚持多久便一落千丈，沦为垫底。有关阪神虎的话题无非是球员争夺战和球队内斗。那会儿我刚参加工作不久，所以应该是 1982、1983 年的事情。

当时有一档广播节目，叫《谢谢！我是滨村淳》，我经常是一边开车一边听。节目搞了一个从听众当中募集打油诗的环节，记得有一天的主题是"泪"。有这样一句打油诗流入我的耳鼓：

老虎若胜出　老夫必大哭

这首小诗代言了阪神粉丝的心声——一方面祝愿球队获胜，另一方面深知此乃永不得偿的幻梦，心中早已断念。

"可不是嘛。"我表示深有同感。

有人对我说："这么弱的球队，亏你当了这么多年粉丝。"他所说的"弱"，想必是没有胜算的意思吧。决赛球队的双方拥趸观看比赛，兴奋激动，这是作为球迷的至高享受。从这个前提出发，也许就会这么评论我了。但是就我而言，我在声援老虎队的时候，从来没想过什么争夺冠军，眼前的比赛就是全部，只要赢得这场比赛，那就是"干得漂亮"，整个人感觉好幸福。排位什么的无所谓。

正因为如此，1985 年阪神虎队夺冠，当真让我感觉在做梦。巴斯、掛布雅之、冈田彰布、真弓明信的挥棒如此犀利，让我怀疑自己的眼睛。当时我的第一个念头就是：

"阪神也能夺冠啊。"

绝无可能发生的事情,发生了。

这场胜利改变了我,使得"不以胜败论英雄"的心态难以为继。比起一穷二白,失去已经拥有的东西更让人痛苦,一朝尝过冠军的甘美,日后沦为联盟长年倒数第一的苦果便格外难以下咽。

想当年,我也在水深火热之中。写的书卖不掉,好不容易挤进文学奖候补名单,最终得奖的都不是我。我突发奇想,设定了三个竞争对手,看看是他们先达成目标还是我先拿到奖。我的三个竞争对手是:

- 清原和博(目标　个人荣誉称号)
- 格雷格·诺曼(目标　大师赛冠军)
- 阪神虎队(目标　冠军)

清原和博在1985年通过球员选秀进入西武狮队,第二年斩获"新人王",都说他很快就会拿到击球相关的个人荣誉称号,结果遇到挫折。格雷格·诺曼在1986年的大师赛上积分居首,最后却被杰克·尼可拉斯奇迹般地反超。阪神虎队就不用提了,自从1985年以后,从来就没在决赛中出现过。

说实话,我觉得自己是赢不过清原和诺曼的,但绝不会输给阪神虎队。即使我拿不到文学奖,阪神虎队也不会夺冠,我和它永远分不出胜负。

这场竞争一直持续到1999年。我竟然获得了日本推理作家协会奖，做梦也没想到清原和诺曼会如此磨蹭（到现在他们还在磨蹭）。而阪神虎队呢，它的表现在我意料之中，依然在末位徘徊，只在1992年的时候进过决赛，让我兴奋激动过一次。总而言之，这支球队衰弱起来实在是太快了。

把1985年的冠军教练叫回来，没用，聘用玩"数据棒球"的野村克也教练，也没用，连续四年垫底，令人彻底无语。就这样，阪神虎队的低迷状态一直持续，以至于我逐渐淡忘了1985年尝过的甜头，而"阪神虎不会赢"这条规律，则在我心中重新构建起来。

去年，读卖巨人队势如破竹，只要再取胜一场就能夺冠。就在这样的情况下，阪神虎队和它进行了一场较量。在另一场球赛上，排名第二的球队落败，所以事实上读卖巨人队已经夺冠。但在和阪神虎队的这场比赛上，阪神虎队在最后一局取胜。看台上的阪神虎队粉丝欣喜若狂，唱起队歌《六甲山的风》。无法想象这种举动出现在其他球队的粉丝身上，不过我理解他们的心情。在他们心中，阪神虎队的排名乃是浮云，不管哪支球队夺冠都无所谓，只要阪神虎队的球员在眼前的比赛当中赛出风格赛出水平，那就足够了。对于阪神虎队而言，每年7月以后的比赛，全是走过场混日子。享受这种走过场混日子，乃是阪神虎队拥趸的必要修养。

没想到，这时出现了星野仙一。

他给阪神虎队这只病猫大换血，把它彻底改头换面，使它成为一支能征善战的强队。十八年来，他是第一个做成这件事的人。

阪神虎队虽然首场落败，但此后连续获胜（尽管有一场被巨人追上六分，打成平局），以往的阪神虎队是绝不可能做到的。

我为阪神虎队的胜利感到高兴，同时也感到困惑——他们真的是阪神虎队吗？我甚至觉得，这帮人是借了阪神虎队之名的另一支球队。

阪神虎队根本不理会我心中的困惑，继续收割着胜利，赢了，赢了，又赢了。到了7月份，它肯定会成为夺冠热门。这要是在以前，谁能想得到呢？

临近8月，我确信阪神虎队会夺冠了——净胜场数四十，位列第一，而排名第二到第五的球队胜差相差无几，挤在一起大混战。即便阪神虎队此后连败，也丝毫不影响它将夺冠。结果不出所料，尽管阪神虎队在"夏季远征"途中连番苦战，它离冠军也是越来越近了。

8月份之后基本就是走过场了。我本打算去看一场和巨人队的比赛，后来取消了。我明明是享受走过场混日子的高手，却有了"没必要去球场看球"的心态。

9月15日，阪神虎队在决赛中取胜。这一幕我是在读卖巨人对战中日龙的比赛间歇看到的。银幕上，星野教练和球员们欢欣鼓舞，我只看了一眼就换了台，转回去看读卖巨人对战中日龙的比赛了。结果巨人大败，而且是长期的连败。

这个赛季，始终有一种"不对劲"的感觉在我心头萦绕。看到巨人落败的一瞬间，我顿时看透了这种"不对劲"的真相——

今年的阪神虎队是无敌的。

我为阪神虎队呐喊助威的时候，眼前总会浮现出巨人队的影子。身为大阪人的我，巨人队代表着东京。对于微小的我而言，巨人队是个庞大的机构。然而在今年，读卖巨人队并不是阪神虎队的障碍。恐怕在第一场比赛中，这个障碍就已经崩塌。巨人队追上六分，已经是他们的全部能耐，只要坚持住，接下来的反击将让巨人毫无还手之力。

事实上，今年的阪神虎队并没有战斗过，他们只是在荒野上狂奔罢了。

久违十八年的冠军让人欣喜，但和我的追求稍微有些不一样。明年读卖巨人队定然苏醒，到时候如果阪神虎队能打败强大到令人憎恶的巨人队夺取冠军，我才会由衷地感到欣慰吧。

万一，阪神虎队的黄金时期就此来到，那又会怎样呢？面对一支连年夺冠的阪神虎队，我还能一直为它加油吗？毕竟它那种"打败强者的弱者"的形象已经不复存在了。

或许我根本用不着去操这份心。如今品尝了胜利的甘美，说不定哪一天又会品尝垫底的苦果呢？我这种杞人忧天自有其合理性。

不用说，我已经做好迎接那一天的心理准备了。

我去看了《湖边杀人事件》!

由实业之日本社出版的拙著《湖畔》要拍电影了。这事是2003年年初定下来的。此前富士电视台的工作人员告诉我，台里正在讨论把这部小说改编成电影，我没往心里去。原因是前不久拙著《绑架游戏》刚刚定下来要拍成电影（电影名叫《诱拐》），所以我想这种事情不会接二连三送上门来吧。

执导的是实力派导演青山真治（代表作《人造天堂》）。得知此事后，我们觉得富士电视台真是大手笔，后来又听说主角由役所广司扮演，简直令我们欣喜若狂。当时，其他角色还没有确定人选，但有役所广司出镜，青山真治执导，这部电影已经是自带亮点了。补充一句，电影的制片人是青山导演的老搭档仙头武则。阵容如此强大，夫复何求。

看到自己的小说被改编成电影，我是很开心的。理由很朴素，一方面是电影能促进小说的销售，另一方面是想看看这部作品变成电影之后会是个什么样子。我在写作的时候，首先在脑子里勾勒出画面，然后把画面写成文字。而现在，文字要经由其他创作者之手反转回画面去，那将会是怎样的效果呢？

接到要改编成电影的通知后，S总编和T女士喜出望外。自己经手的作品要改编成电影，对于这两位来说也是第一次经历。那时还有雪，三人常去滑雪，往返途中的话题就是这部电影。主角之外的人选也陆续有了着落，对于那些还没着落的角色，我们展开恣意想象：

"那个角色由○○来演怎么样？"

"那个演员不行吧？感觉不搭调。我觉得△△不错。"

"她正气太足了。我觉得□□就行。她刚好需要拓宽戏路。"

三个门外汉，俨然一副制作人的派头。

5月刚到，拍摄开始了。取景地在河口湖，剧组在湖畔搭建了一幢真的别墅，说是绝大部分场景都在那里拍摄，让我着实大吃一惊。

"我们想了许多方案。比如租几间现成的别墅，根据不同场景区分使用，又比如在摄影棚里组建一套布景，结果讨论下来还是自己盖一套别墅最方便快捷。其实费用也很经济。"

富士电视台的制片人如是说。我不太明白，觉得大概是那么一回事吧。上一回我的小说《秘密》改编成电影的时候，是在摄影棚里搭了屋子的布景，可一点儿都不小家子气哦。

三人商量着去拍摄现场参观。不用说,这个时候角色分配已经完成,演员阵容中有药师丸博子、丰川悦司等大咖,让我们亢奋异常。既然要去参观,能见到的演员当然是越多越好,人之常情嘛。于是我们向富士电视台表达意愿,请他们安排参观日期。

5月某日,我们向河口湖进发。S总编、T女士喜气洋洋,感觉像是去见自己的偶像。车辆在河口湖互通下高速,在林间小路上再开一阵,远处便出现了那座新建的别墅。我第一眼见到它就发出了惊叹:货真价实的别墅啊!而且很豪华。

《湖畔》是一部密室剧。四对夫妇为了帮助各自的子女应试齐聚湖畔的别墅,却因为突然发生的凶杀案乱作一团。

眼前的别墅给我的第一印象是:

"我想象的,可不是这么个豪华别墅啊。"

仙头制片人出来迎接。我见面就说:

"豪宅啊!"

"那可不。问题是拍完了电影拿它怎么办。盖它用的全是真材实料,拿到别处去就能重新搭起来,东野先生,考虑一下?"

仙头制片人操着一口大阪腔。说来也怪,人家操着大阪腔向我推销东西,我就感觉难以拒绝……别想多了,我可不会真买。

当天下着雨，拍摄日程做了调整，丰川悦司的那一场戏被安排到晚上。T女士得知后情绪明显低落不少。拍摄全部在别墅内完成，不用担心淋雨。

别墅内挤满了人，几乎全是剧组人员。马上要在起居室拍一场戏。沙发周围，摄像机和照明设备已经就位。青山导演坐在椅子上发号施令，剧组人员依令行事。要是在平常，这种环境往往是闹哄哄的，片场却鸦雀无声，令人不可思议。我能感受到，现场的气氛是相当紧张的。

我们挪到不影响拍摄的地方，说话也尽量压低声音，心想可是来了个了不得的地方。

不久，演员役所广司和柄本明出现在起居室，开始拍摄两人的一场对话。两位的演技极具张力，导演每次喊"start"（开拍）的时候，我们都僵住了，仿佛这时如果咳嗽一声，便会遭到所有人的怒视。正式拍摄时，导演喊出"OK"的一刻，我长出了一口气，就好像刚才是我在表演一样。

剧组准备下一场戏期间，根据安排，我们要接受媒体采访。等待期间，药师丸博子来了。她的出现完全在我的意料之外，令我大吃一惊。

在我这个年纪的人心目中，药师丸博子和《水手服与机关枪》是画上等号的。我曾就职的公司的前辈当中有她的铁杆粉丝。影片中的那位女英雄如今就在我的眼前，就像做梦一样，有些紧张。这时药师丸女士跟我打招呼：

"经常听北方谦三先生提起您。幸会幸会。"

捧得我好开心。我也就没问她北方老爷子到底说了些什么。接着亮相的是役所广司和在这部电影中正式出道的真野裕子。役所广司和我在影视作品中所见的一样，存在感很强。而真野小姐是一位大美人，饰演役所广司的情人。她在试镜时崭露头角，一举拿下这个角色，浑身上下洋溢着自信。

媒体采访开始。有记者向役所广司提问：原作者来拍到摄现场，你作何感想？

役所广司稍作迟疑，答道：

"这个嘛……说实话，不怎么希望原作者来。"恐怕是他的真心话。

他接着说："原作者来了，我就会揣摩他们的心思，担心自己的表演会令他们失望，反倒让自己放不开。"

我在一旁听了，觉得很有道理。尽管我纯粹是来看热闹的，但演员可能会琢磨：作者是不是来找茬的？

关于《秘密》和《诱拐》这两部电影，我也没少遇到这

样的问题:

"和原著相比较,电影当中有几处不同。您作为原作者,对此作何感想?"

我感觉记者们都已经替我写好了台词:"改编必然会让原作者不悦"(也有可能是我多心吧)。在这里我要声明一点,别的作家我不知道,我是绝对不会不悦的。

我同意把小说改编成电影,就等于我相信导演、剧作家、演员。谁都想创作出好的作品,没人会故意拍烂片。制作团队在经过深思熟虑之后创作出最有趣的故事情节,即便和原著有差异也没关系——其实我更希望看到这种差异。作为导演,他会尽可能好地去演绎这个故事。作为演员,也自然会努力去迎合导演的要求。作为原作者,我也能从中学到东西。想法不同的部分当然有,但不能去否定这种差异,因为自己的想法未必总是最好的。

我在采访中竭力主张我的观点,但记者始终是一脸茫然,好像没怎么听进去。这时我深有感触——跟我所见略同的作家果然还是少数啊。

采访一结束,我们马上起身告辞。一是不能过多打扰剧组拍摄,主要还是受不了现场紧张的气氛。

拍摄进行了一个多月,此后就是剪辑工作,9月中旬大

神经紧绷的一天

功告成。电影的试映会在五反田的 IMAGICA[1] 举行,只有剧组人员才能参加,我也去凑了个热闹。

这部电影好看么?不告诉你。

容我在这里卖个关子。不过有一点可以透露,我的信念——相信专业人士的能力,把原著交给他们,一概不说三道四——是完全正确的。

走出放映室,我看见新人女演员真野裕子感动得落泪了。这么说来,《秘密》的试映会后,广末凉子也哭了。

---

[1] IMAGICA 是日本一家电影、电视节目和广告后期制作的公司。

万事俱备，只欠雪

2003年的夏天冷得出奇，那些在海边做生意的商家一家比一家惨淡。的的确确没有过夏天的感觉。我往年夏天都去海边，今年最终还是没去成，真没意思。

数落完夏天，现在再来数落冬天。冬天迟迟不来，11月明明已经过半，房间里穿一件T恤衫就足够了，前些天乘出租车，车上的冷气扑面而来。

时至今日，我真有了危机感。现在的情况是没有一点儿雪，"大叔滑手"无法重出江湖。我去调查了去年的记录，去年11月初，新潟县和群马县就有了降雪，当月下旬，我就去了玉原滑雪公园，而且雪质极佳，几乎所有滑道都能滑——就是这家玉原滑雪公园，据说今年11月之后才下了三场雪，感觉要过好久才能有滑雪场的样子。

其他滑雪场的状况也不容乐观，开业时间十有八九要比2002年晚一个月。人工滑雪场也在苦苦挣扎，位于富士山裾野市、号称是"日本最早开张"的耶提雪城，也因为雨水和暖气流，积雪很快消融。上一个滑雪季我去过的鹿泽雪域，开张是开张了，但开放的滑道还不到10%，要知道，去年那儿可是厚厚的雪啊。

这样一来，我们的救命稻草就只有狭山滑雪场了。但回想起去年所见的情形，积极性顿时消减大半：所谓的人工雪其实更像是刨冰；吊椅设在户外，热死个人；空气潮湿的日子，整个滑雪场内雾气弥漫……

此时此刻，我想念 SSAWS。再想念也是白搭，就好像掰着手指头算死去孩子的年龄，没有任何意义。那座巨大的人工滑雪场，至今仍是我心中的痛，毕竟我一多半的滑雪时光是在那儿度过的。于是我心里暗暗期待：SSAWS 会不会复活呀？到了夏天，我的幻想彻底破灭了，报纸上登了新闻，说 SSAWS 要拆掉。拆除工程在 10 月正式启动了，土地据说是用来盖公寓。三井不动产要出售一部分土地，用来支付高昂的工程费用，门槛精啊。

我在网上看帖子，发现有一家定期更新 SSAWS 拆除现场照片的网站。赶紧打开瞧一瞧，果然有从拆除第一天起的照片，大体上每周更新一次。眼看着熟悉的 SSAWS 一点儿一点儿地被拆掉，只剩一副骨架，不禁悲从中来。连我这个短期熟客（这么说可能有点怪）都如此感伤，那些常年来此滑雪的人们，他们的悲伤不敢想象。我看到有人在留言板上这么写："祈祷日本再来一次泡沫经济，盖一座规模超过 SSAWS 的室内滑雪场。"泡沫经济就免了吧，但希望日本经济好起来，有资金启动类似 SSAWS 的大工程，则是所有人的心愿。

SSAWS，再一次感谢你，永别了。

既然不下雪，那就去做些不下雪的时候才能做的事情。商量的结果是去参观没雪的滑雪场。为什么要做这种事呢？为写小说积累素材。写什么小说还没有定，也不知道这次采风能不能在小说中派上用场，反正先写在这篇随笔里吧。

老面孔 T 女士、S 总编，加上我，三人一同前往苗场。S 总编当司机，经由关越高速公路一路北上。路程和上次去滑雪一模一样，区别在于不管开多少路，眼前始终没有雪山的影子，倒是看见了几块滑雪场的招牌，有的还写着"11 月 22 日开张"，口气不小。我写这篇随笔的时候，时间已经过了 22 日，那块招牌下场如何？不得而知。说起来，上个滑雪季我是在神乐滑雪场收的尾（月山是例外），今年神乐滑雪场也是计划在 11 月 22 日那天开张，后来因为积雪不足而告吹。

从月夜野互通下高速，直奔苗场王子大饭店。S 总编说："这条路从来没有这么畅通过。"那还用说，压根儿就没有雪，路况当然好。

一眨眼就到了目的地。滑雪季期间热热闹闹的苗场滑雪场周边冷清得就像一座鬼城。纪念品商店和滑雪用品出租商

挑战

店关门歇业，这个能理解，而餐厅和咖啡馆也基本不开，让我惊讶。没有客流，开店自然没有意义。倒是一家拉面馆还开着，或许是为过往的卡车司机服务的。

走进宾馆，绕到滑雪场那边。原先一大排用于存放滑雪用品的储物柜不见了，取而代之的是乒乓球台。滑雪场的一部分成了高尔夫球场，宾馆的住客绝大部分是来打高尔夫的。不过我们熟悉的滑雪场没有划进高尔夫球场区域内，因为缆车的铁塔会影响客人打球。

我们三人迈着大步沿着斜坡往上爬。我感觉这一带整体要比滑雪季期间狭小，两位表示同感。大片的白雪会影响人的空间感，让人觉得开阔。去年让我们吃了不少苦头的斜坡，如今不过是一片草坡罢了。有一片地方长着芒草，被修剪成迷宫的形状，供孩子们玩耍。爸爸妈妈打高尔夫球，孩子们无聊，经营者为此特地开辟了野外活动场、飞盘高尔夫、推杆高尔夫等项目，给孩子们解闷。

苗场滑雪场也对外宣称于11月22日开张，如今筹备工作正在紧锣密鼓地进行。几台造雪机排成一排运转着，在各自跟前堆出一米多高的小雪山。我走过去摸了一把人造雪，手感更像是细碎的冰屑。靠滑雪场维持生计的人们盼望下雪的心情，远比我等滑雪客迫切。

此后苗场的造雪工作进展顺利，22日顺利开张。真是太好了。

苗场之旅过后没多久,我领着两个徒弟——某川书店的E君和A君,前往神田的体育用品商店。他俩还没有装备,我觉得还是得提前准备妥当,这样一到滑雪季就能马上出发了。

体育用品商店门可罗雀,但新款已经大量上市,琳琅满目任君挑选。A君想买滑雪板、固定具、滑雪靴三件套,再加上滑雪服,总价控制在十万日元以内。E君只买固定具和滑雪靴,滑雪板则用我的旧板。

我此行的目的是买滑雪靴。其实2003年我已经买了一双,后来发现不合脚,便沿用去年的旧鞋子。这次来,我发誓要买一双服服帖帖的好鞋子。

……买不着。尺码刚好的鞋子,鞋背都太松了。E君也在苦恼,他的问题和我相反——鞋背太紧。我们比了比脚,大吃一惊。两人的脚背差别太大,我的扁平,而他的高高隆起。尽管同为人类,个体差异还是相当大的嘛。

我们三人最终还是找到了适合自己脚型的鞋子。E君和A君选的是萨洛蒙的新款,又轻又舒服,棒极了。

"这鞋上班也能穿!"E君赞不绝口。穿滑雪靴上班当然不可能,可见他对这双鞋有多满意了。

然而A君和E君情况不同,他有预算限制,再往下出

挑战

手不能太阔绰了。没想到我一不留神，他就在店员的怂恿下买了新款的高级货。店员推荐的滑雪板也是最高级的，我见他一副急于下单的神情，赶紧实施干预——就他这种买法，一下子就超预算了。我劝他：

"你是菜鸟。板子差不多就行了。"

然后向他推荐一万日元上下的品种，的确是大路货没错，相同款式的摆了一长溜。不料 A 君表示不喜欢：

"这块板子……一看就是便宜货嘛。在滑雪场会遇见好多同款的。"

"现在这个时节商品比较丰富，摆了那么多出来。你再等一个月来看看，都买不着了。差不多就行了。"

在这一点上 A 君表现出异常的执着，表示不满意，眼看又要被巧舌如簧的店员给忽悠了。在我的竭力阻止之下，这才屈尊购买了价格相对较低的滑雪板（其实也挺高级的）。这时他已经花了九万日元，十万预算只剩一万可用了。说实话，区区一万日元，无论如何是买不起滑雪服的。结果 A 君只买了上装，裤子沿用去年的旧物。

购置装备之后，我们去吃饭。席间 A 君说：

"装备一到手，恨不得马上去滑雪。"

"没错，就是这种感觉。你总算有点滑雪客的范儿了。"

我们的思绪早已飞向雪山。幻想的世界里，我们都是职业滑手。

  万万没想到，三个礼拜过去，新装备还没有派上用场。我仍旧穿着T恤衫工作。降雪不足的局面该如何破解？到了12月份，情况会好一些吧？衷心祝愿这篇随笔刊出的时候，大叔滑手已经开开心心地滑开了。

日思夜想的第一次

　　再不下雪，我这部"大叔滑手"连载可要烂尾了，新买的滑雪靴也没有用武之地。之前我还在想，今年的滑雪季恐怕要比往年晚一个月左右吧，没想到我的预感应验了，现实情况比预料的还要糟糕。

　　这篇随笔写于 12 月中旬，绝大多数滑雪场都没能开张。不是积雪多少的问题，是根本不下雪。即便下了雪，也经不住来袭的暖气流和降雨，积雪很快融化。

　　SSAWS 作古后，日本国内最大的室内滑雪场之尊号让给了狭山滑雪场。听那里负责造雪的小哥说，雪是造多少化多少，出现这种情况还是第一次。

　　今年就连北海道也没能独善其身。往年的这个时候，积雪已经有一米多深了，所有的滑雪场都是全场开放。但今年全场开放的，只有以札幌国际滑雪场为代表的为数不多的几家。而札幌国际滑雪场的积雪，也不到一米深。

　　北海道尚且如此，本州岛的情况更加恶劣。我每天在网上观察各地滑雪场的实况，哭笑不得——地面刚刚泛白，经不住三四天好天气的折腾，积雪融化，露出下面的泥土来。

　　据说不光日本一个国家这样。12 月 2 日，联合国环境规划署和苏黎世大学的联合研究组发表了一个令人震惊的预测结果,说是如果任由全球变暖发展下去,那么将来三十至五十年间,海拔在一千五百米以下的滑雪场会因为积雪不足而无法维持经营,瑞士和意大利两国一半以上的滑雪场要关门。

另外,根据日本气象厅的预测,将来"暖冬"会越来越少。万万不能认为暖冬少了是好事。所谓的暖冬,指的是某一年的冬季比往年要暖和,而最近几年的冬天都挺暖和的,再说"暖冬"就是用词不当了。

对于滑雪客,负面消息接二连三,但这么消沉下去也不是个办法,我们开始计划,决心勇敢地迈出第一步。不管怎么说,开业的滑雪场还是有的,去那儿滑雪是最直接的方案。只不过,那些用天然雪的地方还是靠不住。

就这样,我率弟子前往耶提雪城。那里的滑道坡度平缓,长达一公里,毕竟大半年没滑了,刚好用来热热身。

同行的E君和A君刚刚购买属于自己的装备,摩拳擦掌,急于上场一试身手(E君的滑雪板是我的旧板)。

我们乘坐A君的车从东京出发。他的车是7月份刚买的。A君的终极梦想是开着自己的车带着女朋友去滑雪场教她滑雪,现如今朝梦想迈进了一大步。接下来只要好好练习滑雪,再交个女朋友,大功告成!不知他的美梦几时才能成真。

"好久没滑了。不知道滑得怎么样。" E君有些担心。

"我感觉已经忘了怎么滑了。行不行啊……" A君表示同感。

担心什么嘛，去年也没见你们滑得有多好啊——话到嘴边，我咽了下去。

总而言之，车上师徒三人情绪高昂，喜迎滑雪季。可惜天公不作美，临近东名高速公路裾野互通时，雨滴啪嗒啪嗒地打在前窗上。

"哎呀呀，下雨了啊。怎么搞的。"

"上面也下雨吗？"

"富士山上肯定下雪。"

"嗯。肯定下雪。在冷的地方，雨会变成雪的。"

"就是。百分之百肯定。"

我们各自表达了愿望，相互鼓励。

愿望终究沦为痴心妄想。到达耶提雪城时，雨势很大，雨滴也很大。

A君和他的新车还没磨合好，开得很累。他把双手搭在方向盘上，问道：

"怎么办？"

见他眼睛已经含泪。远望耶提雪城的大门，滑雪客正纷纷往外走。我沉吟不语,脑子里种种念头来往穿梭——人都来了,不滑可惜了……可是我不想淋雨,而且下这么大的雨,滑雪场的状况一定很糟糕,技术不佳的 E 君 A 君可能会受伤。受伤也就算了,我还得带着他们去医院,麻烦。即便不受伤,也有可能会感冒。我自己感冒也就算了,要是被他俩传染,那可太不值当了……可问题是不滑雪的话,写文章没素材啊……不碍事,改天去别处滑就行了,到时候我自己去,撂下他俩……

"放弃吧。"

对于我的英明决断,两人没有反对。他们似乎也不愿意看到新买的装备被雨淋湿。

如此一来,这次滑雪旅行沦为三个男人毫无意义的兜风。问题来了,我的写作素材怎么办?去哪个滑雪场好?哪儿有雪可滑?我又开始通过网络关注各家滑雪场的实况了。

能够当天来回的、目前看来能滑的滑雪场有这么几个:苗场、神乐三俣、鹿泽、轻井泽、丸沼高原、玉原、谷川岳等。除了神乐三俣和谷川岳,其他滑雪场用人造雪弥补积雪不足。

苗场、鹿泽、轻井泽三家,目前开放的滑道比较短,排除。丸沼高原,下高速公路后还要开好久才能到达,排除。其余三处各有长短——谷川岳积雪量尚可,但路途遥远,滑

挑战

道也不是很长；神乐三俣更远，三俣滑雪场因为积雪不足还不能滑，神乐滑雪场倒是全部开放了；玉原比较近，很方便，但开放的滑道不多。

星期一早晨，我在尚未确定去哪一家的情况下就驱车出发了。其实，就在刚刚过去的周六周日，滑雪场的状况应该是不错的。之所以按兵不动，是因为我觉得休息日会比较拥挤。实际情况也是这样。通过丸沼高原滑雪场的实况直播，我看到等待吊椅的滑雪客已经排成长龙了。

湛蓝的天空一望无垠，我驱车沿关越高速公路北上。毫无下雨的迹象，我真切地感受到滑雪季正式拉开帷幕了。不过，因为不知道各家滑雪场的现状如何，我还是有些心虚。天气预报说上周末会下雪，结果没下，也就是说所有滑雪场的积雪量都在减少。

全面开放的神乐滑雪场不可能突然就不能滑了，但谷川岳就说不准了，积雪融化会导致滑道急剧收窄。玉原有造雪机，维持一定水准的积雪量应该没问题。

去神乐三俣？还是去玉原？车开得相当迷茫。都这个时节了，远方的山却一点儿也不白，让我想起了上个月去过的没有雪的苗场滑雪场。

"还是去神乐三俣比较保险吧？"我想。可是，那儿有点儿远，好累人啊。

正纠结着，车子驶入群马县，过了赤城，山峦依旧不白。"玉原够呛啊。"脑子里刚蹦出这个念头，就看见右前方的山被染白了一点点。不敢确定那白色的部分是不是玉原滑雪公园，只不过这时我有些累了（因为好久没开远路），便晃晃悠悠地从沼田互通下了高速。

过了半个钟头，我站在滑雪场入口，一脸惊愕——没雪。也不是完全没有，而是少得可怜，少到几乎不能称之为滑雪场。打个比方吧，就好像是下雪后第二天的操场，露出的泥土比雪多。主滑道在乘吊椅往上走一站路的地方，情况想必也不容乐观。心情难免有些失落，也还是买了吊椅票——能滑的滑道不到一半，票价却没减，有点说不过去吧。

不想这么多，我换上衣服去坐吊椅。好久没滑了，有些小激动，更多的是担心：主滑道状况如何？

从吊椅上往下看，造雪机正拼命往外喷雪，但距离地面全白还需要不少时间。造雪也要花钱，对于经营者来说是一笔额外的开销，然而没雪的话，滑雪场没法开张。日子不好过啊。

总算到达主滑道了。粗粗一看，心凉了半截——硬生生搞出两条滑道，此外的地方山岩裸露，矫揉造作得很。亏得我大老远跑来，你就给我滑这个？

挑战

牢骚怨言还是打住吧。今年的雪荒非比寻常。经营者创造出勉强能够滑雪的环境，已经很不容易了。这么一想，吊椅票全价好像也合情合理啊，甚至还可以再贵一些嘛（说说而已，我可不想再掏钱）。

六百米的缓坡、一千五百米的高难度滑道开放了。我好久没滑雪，所以先在缓坡上滑了几轮热热身。本以为手脚会生疏，实际上比我预想的滑得好，感觉甚至比以前还要好（当然这是不可能的）。

我来劲了，决定挑战高难度滑道——照样如行云流水一般流畅。"我有这么厉害？"微微得意忘形。事后我才明白，这归功于新买的滑雪靴。滑雪期间我当然不知情，只顾纵情享受变线的快感。

滑了十轮长滑道，腿脚累得无法动弹。一个人滑雪，休息少了，容易累。考虑到返程还得一个人开车，便提早收场。这时问题来了——主滑道往下那段我该怎么下去呢？一般来说都是滑下去的，问题是那段现在没有雪啊。

我正发愣，管缆车的大哥出现，微微笑着朝我招手。原来如此！我卸下滑雪板，朝吊椅走过去。

"下去也坐吊椅吧？"

"嗯，没雪嘛。"

"这局面会持续到什么时候呀。"

"心里没数啊。只能问老天爷了。"

"赶快下雪吧。"

"嗯。不过我们家亲戚说幸亏今年雪少呢。"

说到这儿,吊椅刚好到,我抱着滑雪板坐了上去。这位大哥的亲戚所从事的工作,大概是下雪少的时候比较好做。干哪行的?

还用想吗?除了观光旅游业,别的行业都不喜欢下雪。

大叔滑手谈得失

　　上一回，我总算是完成了本滑雪季第一次滑雪。此后，谢天谢地，各地都开始下雪了。这可忙坏了大叔滑手我，一个月竟然滑了十天雪。各家出版社的编辑们怒气冲冲的表情历历在目（"我说怎么找不着他。那家伙，雪山上玩得很开心嘛！"）不管了，尽情享受当下，改天再为自己开脱吧。

　　话说回来，天气这玩意儿还真是捉摸不透。根据气象厅的远期预报，今年冬天不会长久。然而事实上，堪比台风的低气压袭击北海道，还长期滞留在东部的洋面上一动不动。这时不光是北海道，日本海沿岸和山脉沿线地带连日下大雪。受大风影响，缆车无法运行，接连有滑雪场被迫停业。有一天我和某川书店的 E 君约好一同去 GALA 汤泽滑雪场，早上刚到碰头地点东京站，就听见广播里传来"本日 GALA 汤泽滑雪场因大风暂停营业"的声音。亏得我一大早起来灌了一肚子咖啡，完全没意义嘛。和 E 的约定往往没有好结果，上次去耶提雪城的时候也是。说起来有一回和他去冲绳，一连下了三天雨。E 君说不定和实业之日本社的 T 女士一样，不招天气之神待见。

　　总而言之气象厅的天气预报落了空，全国的滑雪客都松了一口气。当然，我们不能忘了遭雪灾的人们。

总而言之，这又是个能痛痛快快滑雪的冬天，我每天都过得很开心。别误会了，工作没有耽误。交稿日期我守得好好的，放一百个心。而且我也不是单纯去玩，你看我不是在写随笔吗？我这是去采风。采风过度？这个嘛……咱们将心比心，我每写一篇随笔就得去找下一篇的素材，不容易。你说啥？让我站在读者的立场上想一想？好吧，对不住对不住。

我也不知道在向谁道歉，总之这部连载随笔渐入佳境——或者干脆说没梗了。滑雪归来，心情舒畅，倒也没觉得有多么有趣，让我把这段时间巡游各地滑雪场的感想写下来，倒也不是没东西可写。只不过我的滑雪技术已经进入瓶颈期，没什么变化，缺少话题性。

现在我已经依稀感觉到随笔连载步入尾声，那就来一次总结吧。题为《大叔滑手谈得失》。

得——玩伴多了

作家二阶堂和贯井约我去滑雪，实在可喜。他们虽然是双板玩家，但一起滑雪很开心。我与我孙子武丸、笠井洁两位的关系也更亲密了。只不过和变态男"黑研"（黑田研二）扯上干系，就不知是福是祸了。

失——玩伴太多了

接到多方邀约，非常荣幸。不过难免会有时间上的冲突，难免会对不住某一方，非常为难。有时候还会和交稿日期冲突，也非常痛苦。人生在世，总有一些避不开的事情，在此我衷心表示歉意。我是作家，不能拿交稿日期开玩笑，所以呢，也请出版社把交稿日期给我稍微往后延一延吧。

得——身体健壮了

说实话，干作家这行，很缺乏运动。干活的时候坐着，一坐就是老半天。外出时动不动开车或者坐车。虽说去健身房锻炼，但总觉得腰腿乏力。开始玩单板滑雪之后，我越发确定了——怎么说呢？情况很糟糕。滑雪后第二天，简直跟瘫痪了一样。心想这样下去可不行，便坚持去健身房锻炼不敢懈怠。现如今，滑一整天肌肉也不疼，大概是变迟钝了。

失——高估自己的体力了

如今稍微有了两下子，也不意味着运动能力相比以前有了大幅度提升，我总归是个年近半百的大叔。千万不能得意忘形，觉得老子无所不能——这个念头会让你倒大霉的。大叔就该有大叔的样子，乖乖待在家里。

得——生活有规律了

我去滑雪往往是一日游：早晨六点起床，自驾前往滑雪场，一直滑到天黑，自驾回家。到家后已经筋疲力尽，晚上睡得很香。日常安排如此循环往复，生活自然变得有规律。

不去滑雪的日子也早起，一大早看《我们家的节约妙招》《我们家的婆媳战争》之类的节目。

失——工作占生活的比例不稳定了

毕竟是以滑雪为中心的生活，一旦决定明天去滑雪，无论如何都要早睡。即使睡不着，也要上床闭上眼，即便交稿日期近在咫尺，也选择性无视，造成的后果就是：不去滑雪场的日子，大体上就是交稿日期。滑雪、交稿日期、滑雪、滑雪、交稿日期、交稿日期……差不多就是这样。我的梦想是在布满雪丘的斜坡上畅行无阻，而在布满交稿日期的日历上游刃有余也是我的一大目标。就现状来看，两者都不太顺利，连连栽跟头。

得——更耐寒了

我本来就比较耐寒，觉得现在更耐寒了。毕竟在滑雪场，一天的最高气温时常是零下五度。风一吹越发冷。即便如此，滑雪服下面也只有一件贴身衣物，下身也只有内裤。在大风大雪中坐上吊椅，感觉全身都要结冰了，顶住风雪飞速滑行，鼻子和耳朵几乎要冻掉了。那些出生在北方的人表示不可思议：大冬天的，干吗故意去那么冷的地方找罪受？连我自己也不明白。回到东京后，再冷的天我也觉得暖洋洋的，所以自从开始玩单板滑雪，我就没穿过大衣。

失——不耐热了

我说的"热"不是夏天的暑热,而是冬天的取暖设备,或者是天气太好,滑雪场的气温比预想的高得多的时候——我为了御寒,做好防寒措施,却被暖气流突袭,一下子汗流浃背,热得疲惫不堪。为了防止出现这种局面,我选择少穿几件衣服,轻装上阵。我说自己不耐热了,其实是比以前更怕热了。

得——业务面广了

这不是大好事嘛。正因为玩滑雪,我才写成了这部连载随笔。不久的将来,如果有机会,我或许会写一部滑雪小说。总而言之,滑雪增加了我的职业阅历。所以说,滑雪也是我的工作,购买滑雪板、滑雪靴、固定具、滑雪服以及其他各类小物件所花费用,此外诸如吊椅票钱、交通费、盒饭钱等等,必然是算在成本里面的。假如我约上妹子当助手,她的开销也应该算作成本吧,否则道理上说不通嘛,绝对说不通。

失——办公场所变窄了

一句话,滑雪用品占地方。别的不说,滑雪板需要保养,要给它涂蜡,还要把蜡刮掉,有些费事。我把办公场所的一隅划归为放置滑雪板的场所,使得本来就狭小的空间更加憋屈。潮湿的滑雪服以及其他各类小物件需要晾晒,使得室内总是潮乎乎的,不舒服。有一阵吸了汗水的手套散发出恶臭，让人没法活了。

得——话题多了

我说的是在小酒馆聊天时的话题。去小酒馆，自然能和小姐姐们聊天。这个时候聊聊滑雪，话题很新鲜，话题的主人公朝气蓬勃，比聊高尔夫什么的酷多了。然而到目前为止，本人尚无蹿红的迹象。

失——话题失衡了

所谓的失衡，说的是我光聊滑雪，不聊别的。先说说出版社的编辑们，起初他们恭维我，说什么"东野先生好厉害，高山仰止"，后来渐渐地冷淡了，最近这阵子干脆不再掩饰其厌烦。当我大谈滑雪的快感，唾沫星子横飞时，他们的脸上满是"还有完没完"的表情。殊不知此乃编辑这行的大忌。编辑必须努力营造利于作家写作的良好氛围，无论作家说的有多么无聊，无论听了多少遍，哪怕耳朵已经起了老茧，都应该装出感动的样子，说"哎呀好厉害"或者"真了不起"什么的，积极地附和。其次，作家侃侃而谈，口若悬河时，切不可中途打岔谈工作。这是行规。

说起来，小酒馆的小姐姐们最近也变了。她们的笑脸虽然一贯做作，但最近我感觉她们连装都懒得装了。她们口中"东野先生好棒"这句套话，最近已经毫无情感起伏。前些天我去一家小酒馆，正上洗手间，外头小姐姐们的对话飘入耳鼓：

"受不了。大叔又开始扯滑雪了，没完没了的。"

"还不就是那些老梗。"

"算了算了，你就让他尽情发挥吧。咱们随便接上几句应付应付就行了。脑子里想别的呗。"

"对哦！"

唔——本以为她们很认真地听我说话，没想到是左耳进右耳出。这怎么行，老夫一点儿都不吃香嘛。可惜我也没别的可聊，一个不留神就又开始聊滑雪了。唉，无可奈何啊……

对了！我不是客人嘛。客人聊自己感兴趣的，何罪之有？找人说话才来这儿的，听我说话不是你们的工作么？不管我说的有多无聊，不管听了多少遍，不都应该听得津津有味吗？喂，我说，你们倒是听我吹牛啊！

差不多就这些了

经常有人问我：如此沉迷滑雪，你是怎么做到的？滑雪那么有趣吗？他们的心情我很理解——废寝忘食，拼命写完稿子，天还没亮就出家门，滑到两条腿发僵……"如此入迷，肯定大有甜头吧？"我的所作所为令他们浮想联翩。

单板滑雪很有趣，这是事实，但有趣不是全部，世界上比滑雪有趣的事情多了去了。我觉得让我入迷的，是"进步"。

老实说，我是奔五的大叔，不折不扣的中年。到了这个年纪，学习新鲜事物进而不断进步的机会少之又少，反倒是早年掌握的技能慢慢退化的情况比较多。所以，不管是多么小的事情，"昨天不会，今天会了"的感觉总令我欣喜不已。而单板滑雪，就是一种能让我切身感受到这种微小"进步"的体育运动。特别是初学时，每次练习都有或多或少的进步，进而认识到自己的问题所在，决心在下一次克服它。

还有很多别的事物能给人带来这种喜悦。高尔夫球就是其中代表，男女老少咸宜，刺激人们的进取心。人们沉迷高尔夫的心情我很理解。只不过我沉迷的事物是单板滑雪罢了。

挑战

这么说来，我究竟进步到什么程度了？玩单板滑雪将近两年，连载随笔也接近尾声，是总结的时候了。

"怎么个总结法呀？"

"这个嘛……您如果能挑战一下U型池，那就圆满了。"

T女士说这话的时候脸上洋溢着期待。圆满是什么意思？给随笔掀起高潮？那玩意儿肯定掀起高潮，可我无论如何也做不到。说实话，我害怕。要是再撞到脸，鼻骨的下场不堪设想。

"U型池还是算了。就怕万一。"S总编一旁插嘴道。想必是回忆起了冰壶事故后抬着我上医院时的情形。

"那就来个跳台滑雪？"T女士又说。

跳台滑雪落地时有可能受伤。我有些不耐烦，问道：

"有没有稳妥一点的主意啊？安全又帅气的那种。"

"平花怎么样？"T女士说。

"平花？平地花式吗？"

所谓平地花式，可以说是用滑雪板来玩花样滑冰，从斜坡上滑下来的同时或旋转或跳跃。滑雪场上常见这么玩的年轻人，非常惹眼，高手感十足，关键是很酷。

"要不就试试看？"虽然有些不安，也还是同意了T女士的建议，"不过啊，你俩要跟我一起练！"

听了我的命令，T女士和S总编的脸顿时僵住了。

1月的某一天，我们三人出现在 GALA 汤泽滑雪场。平地花式是无法自学成才的，所以我们报了班。担任教练的是去年教过我的职业运动员松村圭太。他还记得我，说"《湖畔》挺有意思的"，听了真受用。

他首先要看我的滑行姿态，目的是评定我的技术。滑完后他讲了几点需要注意的地方，然后说：

"滑得很扎实。和去年比简直判若两人。"

教练很会夸人。其实他们夸人最大的目的，是让大众喜欢上单板滑雪。我尽管明白这一点，心里还是很高兴。此后，我们移步初学者专用斜坡，开始练习平地花式。想当年初学单板时，觉得这片斜坡真是太陡了，现如今我闭着眼睛都能滑，有一种恍如隔世之感。

T 女士、S 总编两人也与我一道，学习最基本的动作，比如让滑雪板的一端翘起来，或者利用滑雪板的柔韧性起跳。掌握之后，再学习在行进中旋转或跳跃。

"好了。接下来练习起跳后 180 度旋转。"

松村教练给我们做示范：哧溜滑出去，中途跳跃，空中转体后落地。职业运动员做起来真轻松，菜鸟就是另一种场面了——我、T 女士、S 总编，接连摔个不停，令我想起初学滑雪的时候。

"很好。就这样。接下来试试反向旋转。"

听了松村教练的话,我吓得往后一仰。这……这怎么就"很好"了?完全不行嘛。没成功嘛。三个人没一个站得稳呀。

然而松村教练没发觉我们的惨状(其实是选择性无视了),紧接着讲授更高级的内容。我们根本学不会。幸亏当时刚刚下了雪,地面松软,否则我们早就摔得一身乌青块了。

乘坐吊椅的时候,松村教练说:

"今天,我无论如何都要教会您一招。"

"是嘛。"

"嗯。所以我加快了进度。对不住了。"

"原来是这么回事。"

万万没想到,松村教练如此快马加鞭,原来是要送我一份"大礼"。竟然还有这样的好事,感激不尽啊。既然如此,我得加把劲了。T女士和S总编能不能学会我不管,反正我必须学会!

松村教练要传授的花式是这样的:直线滑行→抬起滑雪板的前端("板尾平衡"动作),开始旋转→旋转180度后,利用滑雪板的柔韧性起跳→空中旋转180度后落地。

动作必须连贯,一气呵成。松村教练为我们演示,感觉轻轻松松,毫无难度。我做了好多遍,都失败了。刚开始

这叫"板尾平衡"。光这个动作就相当难

感觉还不错,后来的起跳动作往往以摔倒告终。T女士、S总编也一样。说实话,在此之前我几乎没见过T女士摔倒,今天大饱眼福了。

"就差一点儿了。快学会了。加油啊。"

在松村教练的鼓励下,我们屡败屡战,越挫越勇,就在快到斜坡尽头的时候,忽然就成功了!玩U型池和跳台滑雪的人或许要笑话我了——落地的刹那,我不禁喊了一嗓子"万岁"。就在这个瞬间,人叔滑手又把一个"进步"收入囊中。

我掌握诀窍之后又尝试多次,成功率超六成。倒滑时也能做出这套动作了。

"把各种花式技巧组合起来,就有无限的可能性了。还请您加油练习。"

听了松村教练的话,我用力点头。哎呀呀,这堂课太充实了,掌握本领的滋味真美妙!任何体育运动都没有所谓的终点,达成一个目标,就意味着新的目标产生,只要一直做下去,就绝对不会厌倦。归根到底,厌倦等同于失败。

与单板滑雪邂逅,当真是我的福气。感谢那年冬天遇见了当时还是《单板滑雪》杂志总编的M先生,让我接触到如此充实的运动。感谢T女士的邀请,我才将想法付诸行动。感谢S总编的陪伴,我才有了克服年龄障碍的勇气。感

和松村圭太教练握手。感谢他把我这个大叔培养成单板滑手

谢松村圭太等诸位教练的指导，我才能像今天这样畅快地滑雪。

接触一项体育运动等同于接触人。在接触单板滑雪之后，我的确有了机会和许多人像孩子一样玩在一起，这个过程中我清楚地认识到：大叔心中，总有一个回归少年的梦。

且说这次来滑雪，我请了专业的体育摄影师来为我拍照。此前我从来没好好地观察过自己滑雪的样子，所以非常期待看到照片，同时也有些忐忑，但愿不要出现"自以为很酷，照片上很怂"的情况。倘若"照片上很怂"，那就权当是我的新课题了。

职业摄影师要求挺高。他给我的指令是："从这里开始滑，穿过那片灌木，记得要帅帅地把雪铲飞。还有，速度尽量快点。"忘了我是大菜鸟吗？我最终还是硬着头皮，想象自己是职业运动员，奋力滑了一把。

读到这里，有的中年朋友或许会想："什么嘛。就这点儿本事？我也能行。"

完全正确，你也能行！

photograph by Shinji Akagi

挑战

大叔滑手凶杀案

1

Y县八比高原滑雪场——

桐岛摔倒，身后传来妻子奈美爽朗的大笑声。

"别笑得那么夸张嘛。"桐岛挣扎着起身，掸了掸滑雪服上的雪，"毕竟是第一次。对吧，老师？"

他口中的老师是一位年轻的滑雪教练。教练微笑着鼓励道：

"是啊。不要紧的。单板不比双板，多摔几次就学会了。"

"可我就没摔几次呀。"

"你是想说自己年轻吧？"桐岛伸了伸腰，"我累了。腿又酸又胀。"

"今天到此为止吧。"教练说，"桐岛先生也学会最基本的'落叶飘'滑法了。接下来请多练习，熟悉起来。"

"要练习也得看有没有余力嘛。"桐岛说。

这时，一个滑雪客在距离他们十米开外的地方停住了。此人一身黑色的滑雪服，戴着有反射镜面的护目镜。桐岛朝

他瞥了一眼,继而把视线转向妻子,说:

"你怎么打算?我要休息休息。"

"我还想再滑一滑。Ａ滑道还没滑呢。"

"你要滑那个陡坡?"桐岛皱了皱眉,"那儿跟悬崖差不了多少。"

"才三十度。小菜一碟。"奈美望着教练,"老师,能不能陪我滑一次?"

"我没问题。"

"麻烦老师亲自出马。"桐岛也发出请求,"这家伙就爱耍嘴皮子。让她一个人滑那种地方,我还真有些不放心。"

"也没那么危险……行,我就陪一次。"

"好嘞!"奈美欢呼雀跃。

"我在餐厅等你。"

桐岛目送两人走远,笨拙地滑了起来,到达餐厅后卸下滑雪板。刚才的黑衣滑雪客走过来说:

"有两下子嘛。教授。"

桐岛没摘护目镜,他狠狠瞪了对方一眼:

"不是让你白天别靠近我的吗?"

"没人会注意我的。对了,教授,我想跟您谈谈交易的事情。"

"我说过了,那件事我俩单独聊,找个僻静的地方。今晚怎么样？"

"只要您方便。"

"行。那我指定一个碰头地点吧。"

听了桐岛说的地点，男子不由得张大了嘴：

"您当真要去那儿？"

"有意见吗？"

"不，那儿也挺好的。那就说好了，晚上九点，在那儿碰头。"男子提着滑雪板，走开了。

桐岛在餐厅喝咖啡，这时奈美回来了，她身旁还有三个人，都是生面孔。看他们的鞋子，就知道都是玩单板的。

"你的熟人？"

"怎么说呢？我认识他们，他们不认识我。这位是悬疑小说家冬野先生。"奈美指着三人中的高个男子说。这个人头发不短，脸上晒出一个护目镜的印子，看不出年纪。

"哦——"桐岛没听说过这个名字，也装出吃惊状，"幸会幸会。"

听奈美说，其余两人是出版社的，其中的男子好像是总编。

"我们刚好坐同一个吊厢，聊了一会儿就认识了。老公，你知道我看了《泳池畔》这部小说吧？作者就是这位，冬野先生。"

"是嘛。"

原来是那本书啊。桐岛听奈美说过。她的评价是:"不过瘾,没什么意思。"

"越聊越投机,就约好一起滑下来了。"

桐岛看了一眼作家,说:"但愿我爱人没给您添麻烦。"

"哪里哪里。没想到在这里遇见粉丝,我也很开心。"作家满脸灿烂的笑容。奈美说自己是他的粉丝。

"冬野先生说是来采风的。老公,择日不如撞日,我们一起吃晚饭吧?冬野先生答应了。"

"如果两位肯赏光的话。"作家有些装腔作势。

桐岛稍作思考后对妻子点了点头:"好啊。我同意。"

"太好了!"奈美连手套也没脱,就握紧拳头,摆出一个胜利的手势。

桐岛见状,心想:情况说不定对我有利呢。

2

透过餐厅的窗户,可以望见参加夜场的滑雪客们。餐厅内的照明调低了亮度,使得窗外的雪光看上去格外晃眼。

"原来您是研究数字媒体的专家。能聊好多有意思的话题呀。"

作家对桐岛的职业表现出浓厚的兴趣,这令桐岛有些意外,他一直以为作家是学文的人的典型代表。

"您来这儿是为了工作?"名叫高仲的女编辑问道。

"不,纯度假。老婆想玩单板滑雪。"

"哎呀,不是你说要来挑战的么?"奈美提出抗议,"我老公是九州人。他说今天早上到达这里之前,愣是没近距离看过积雪。当然也没有滑过雪。"

"嗯,九州的话那是有可能的。"总编点点头。

奈美说了句抱歉,起身走开。见她身影消失,作家探出身子说:

"您夫人,真年轻呀。"

"二十五。"桐岛说了实话,"正好比我小二十岁。"

"哎呀呀。"作家表示吃惊,"真羡慕。"

"那冬野先生呢?"

"我单身。"作家有些不悦,"老婆跟人跑了。"

"不会吧。"桐岛笑了。作家没笑。编辑们低着头,回避眼前的尴尬。

奈美回来了,说:"去酒吧吧?说是酒吧也能看见夜场。"

"好主意。"桐岛看了看其他人,"几位一起去吧?"

"走吧走吧。"作家站起身,"滑夜场的不少是高手,说不定还能偷师呢。"

结账的时候几人互相客气了一番，最后决定各付各的。出店门时桐岛对妻子说：

"你和几位先去，我有点儿事情要办。"

"嗯？现在吗？"

"我要发一封邮件。三十分钟足够了。"

"嗯。好呀。"奈美有些纳闷。

与四人分别后，桐岛飞奔起来，冲进电梯，按下楼层按钮。电梯缓慢运动起来。十五分钟后，桐岛下了电梯，身处八比山的山顶。滑雪客们正从陡峭的斜坡上滑下，桐岛不拿正眼看他们，径直走向山顶餐厅。这个时间，餐厅已经打烊，四周很暗。

一个男子正抽着烟，见了桐岛，便把烟丢在雪地上。

"您到这种地方来，不要紧吧？"男子的声音中含着冷笑，"最大坡度有三十五度呢。"

"多管闲事。"

"我替您担心呢。该不会下不去吧？"

"下不去的……"桐岛说着，从滑雪服的口袋中掏出一把装了消音器的手枪，"是你！"

话音刚落，桐岛扣动了扳机……

桐岛到了酒吧，此时奈美正和作家等人谈笑风生。她喝的是马提尼，桐岛给自己点了一杯加冰的威士忌。

"来晚了哦。"奈美看着自己的丈夫说。

"我说了三十分钟嘛。"他看了看腕表,"才过了二十五分钟。"

"您真是大忙人。"女编辑说道。

"一点儿杂事要处理。对了,夜场快结束了吧。"桐岛看了看窗外,吊椅站点已经关闭,"我可不想在这个时间坐吊椅。"

"说是夜场期间吊厢不开,去山顶只能换乘吊椅。"

"嗯。和我无关。山顶没有初学者滑道吧?"

"白天有面向初学者的迂回滑道,不过那条滑道上没有夜场设备。"女编辑说,"所以只能去滑高难度……"

"还是跟我无关。晚上在这儿滑就足够了。"桐岛笑着说,举杯喝了一口。

3

第二天早晨,桐岛和奈美一起去吃早餐,感觉餐厅里乱纷纷的。悬疑作家和总编也在,女编辑不见了踪影。

"怎么了?"桐岛问作家。

"说是杀人了。"作家小声说,"山顶发现了人的尸体,警察来了。"

"杀人？不会吧。"桐岛瞪大了眼，"为什么在山顶？"

"这个嘛……"作家歪着脑袋表示不解，"我正让高仲调查情况呢。"

几人在不安的气氛中吃早餐。这时女编辑回来了。

"被害人是个四十来岁的男人，胸口被枪击中。警方正在确认他的身份。在山顶餐厅的旁边发现的，脚上没有滑雪板。"

"滑雪板？四十来岁？"这几个词刺激了作家，"大叔滑手遇害了呀。凶手有眉目吗？有线索吗？"

"这个嘛……还没查到那一步。"

"你去问警察呀。"

"警察怎么可能告诉你这些。"

"你就报上我的名字，就说当代顶尖的悬疑小说家愿助一臂之力，让他们赶紧提供信息。"

"我真要去这么说，不光是冬野先生您，连我也会被人当成傻子的。对了，冬野先生，今天怎么安排？上午除了警察，其他人不能乘坐吊厢，上面的吊椅也停开了，去不了山顶。"

"什么嘛。这不滑不了了嘛。"

"下面的吊椅还开着。酒店前的滑雪场还能滑。"

"那个大平坡？"作家一脸不屑。

"U型池可以滑。"女编辑的脸忽然开始放光，"要不要挑战一下？"

"唔……"作家沉吟半晌。

"您就在大平坡上将就将就吧。"总编有些慌了，"您可别在这受伤，否则别家出版社要恨死我们的。您忘了上回玩冰壶的悲剧了？这回要是摔折了鼻子，复原起来可没那么容易。"

"玩冰壶？摔折鼻子？"奈美愣了一下。

"说来话长啊。"总编苦笑道。

作家等人最终决定在酒店前的缓坡上滑雪。桐岛和奈美也在那里练习，今天由奈美当教练。因为上面的滑雪场封闭，所以尽管是工作日，周围也挤了好多人。

过了中午，吊厢向社会人士开放，滑雪客们便一股脑儿涌向山顶。桐岛等人则回酒店用午餐。午餐后，桐岛决定回房间稍事休息，奈美说要和作家等人一起滑，就去了滑雪场。

桐岛的第二支烟刚化成灰，房门就被敲响了。开门一瞧，门外站着两个陌生人，都穿着防寒服。

"您是桐岛先生吧？"胖的那个出示了警员证，"您在房间真是太好了。刚刚我们还在想您是不是去滑雪了。"

"有何贵干？"

"我们想就片冈次郎先生一事问您几个问题。"

"片冈次郎？片冈次郎是哪位？"

"您不知道吗？"警员挠了挠脑袋，"能不能进房间谈？"

"请进。房间里有些乱。"

两位警员在沙发上落座，桐岛坐在床上。胖警员说：

"您想必已经知道这里发生凶杀案了。被害人就是片冈次郎，他是昨天入住的。"

"我说了，我不认识他。"

"片冈先生的房间有被人搜过的痕迹，恐怕是杀害他的人所为。此外，我们发现了一件有意思的事情。"

"是什么呢？"

警员伸出胳膊，在水汽凝结的窗户上随手写了几个字，说：

"片冈先生房间的窗户上，也有这种用手指写的痕迹。粗看是看不出来的，哈一口气在窗户上，就隐隐约约浮现出来了。我们推断这是片冈先生写的备忘。虽然字迹已经很模糊，我们还是识别出一部分来。他是这么写的。"

警员用手指在窗户上写了"ピッケル 9:00 キリ"字样。

桐岛明显感到心跳加速，勉强控制住自己的神色。

"这个'ピッケル'是山顶餐厅的名字。所以我们的解读是九点和什么人在那里碰头。问题就在于这个'キリ'，后面的文字实在识别不出来。我们考虑这是人的名字，以

'キリ'开头的人名。我们向酒店确认,得知目前在住的客人当中,以'キリ'开头的人名只有您[1],桐岛先生。这就是我们来找您的原因。"

"我明白了。"桐岛点头,"不过,我不认识这个叫片冈的。"

"是真的吗?"

"骗你们有什么好处。"

"好的。那就请您说一下您从昨晚到今天早晨的行动吧。"

"不在场证明是吧?我知道了。幸亏我有几个证人。"桐岛深深吸了一口气。

4

当晚,桐岛和作家等人一同用晚餐,是他向奈美提出来的。这么做当然有目的——警方必然已经就桐岛的不在场证明向作家等人求证,桐岛想知道他们之间说了些什么。

"话说那起凶杀案呀。"作家率先打开话匣子,"可以肯定,那人是在昨晚的夜场遇害的。"

---

[1] 桐岛 在日语中念作 キ(ki)リ(ri)シ(shi)マ(ma)。

"呵呵。"桐岛看了作家一眼,"是嘛。您听谁说的?"

"警官说的。"作家毫不含糊,"傍晚警察来我房间了。说是也去了他们的房间。"说话时朝两位编辑看了看。

"我来猜猜警官的目的吧。"桐岛努力保持平和,"他们去找你们,是因为我吧?"

桐岛身边的奈美一下挺直了身子。她问道:

"因为你?这话怎么说?"

"说起来也巧。"

桐岛把他和警员们打交道的事情说给奈美听了。此前桐岛没有向妻子提起过。

"发生了这种事,怎么不告诉我呢?"

"我这不正跟你说嘛。没事的。你很快会知道我是清白的。"桐岛说着,看了看作家和编辑们,"警察问了些什么呢?"

"问了昨晚夜场期间的情况。"作家回答,"吃晚饭的时候,我们和您两位是不是在一起。"

"那您是怎么回答的呢?"

"我说在一起吃的晚饭。当然了,后来您离席片刻的情况我也只能如实汇报了。"

"就是您回到房间工作的那段时间。"女编辑补充道,"差不多三十分钟您不在。去酒吧之前的事情。"

"二十五分钟。"桐岛订正道,"早知道会这样,我就不该离开的,其实也不是什么要紧事。"

"短短二十五分钟,办不成事吧。"总编说,"这种事情警察一查就明白了。"

"不对,二十五分钟,理论上可以成事。"作家表示反对,"刚才我和高仲小姐实测了。乘吊椅去山顶,大约十二分钟。实施犯罪只要一两分钟就足够了。剩余十二分钟。"

"换衣服和中途移动也需要时间,就算十分钟吧,剩余两分钟,就是可供从凶杀现场滑落的时间。"女编辑说。

"那条滑道两分钟能滑下来吗?"总编表示怀疑。

"刚刚冬野先生就是用两分钟滑下来的。"女编辑说,"真叫一个狂野。"

"能不能别用狂野来形容我。"

"冬野先生用狂野的滑法花了两分钟,那么平常人肯定需要更多的时间……"总编若有所思,"敢问桐岛先生的身手如何?"

"不可能。今天我也是在老婆的叱咤鼓励下,才从最平缓的斜坡上滑下来的,满身大汗呢。"

"老公他滑不了A滑道。"奈美在一旁补充,"当真要滑的话,我想至少需要几十分钟吧。"

"那也不行。"桐岛说,"我压根儿就不会去滑。"

"警察也不是傻子,他们已经去调查桐岛先生的身手了。"作家说,"他们应该会明白,即便桐岛先生离开过一阵子,但要说利用这段时间实施犯罪,实在是天方夜谭。没事的,正如您所说的,警察很快就会还您清白的。"

"冬野先生,您嘴上这么说,其实多多少少还是在怀疑我吧?要不然怎么会特地去测时间呢?"

"您见笑了。我是单纯出于职业兴趣。身为悬疑小说作家,遇到这种情况,首先想做的就是实测。"作家赶紧为自己打圆场。

"警察向桐岛先生要不在场证明,是因为窗户玻璃上的'キリ'字样吧?"总编说,"要我说,光凭那个就怀疑桐岛先生,有点说不过去吧。我们在滑雪场,说到'キリ',一般首先想到的是天气现象雾[1]吧。"

"警方没有线索,所以在考虑各种各样的可能性。算了,我就当自己倒霉。"桐岛强装从容不迫。

"遇害者是什么人呢?"总编小声说。

"好像是自由撰稿人。"女编辑答道,"专门追踪小道消息的那种。"

"这活招人恨啊。肯定树敌不少。"作家说。

---

[1] "雾"在日语中念作"キ(ki)リ(ri)",与"桐"的发音相同。

晚餐后，桐岛和奈美一同回了房间。

"怎么不跟我说呢？"奈美一脸阴沉，质问桐岛。

"我都说了不是什么大事。不想坏了你的心情。"

"像你这样藏着掖着，我心情能好吗？你总是这样，把我当孩子……"奈美要哭了。

说生气就生气，不是孩子是什么……桐岛把已经到了嘴边的话咽下肚，说道：

"对不起。下次我一定告诉你。毕竟是有生以来第一次被人当做嫌犯，我也有些不知所措了。"

嫌犯这个词似乎刺激了奈美，她的脸色越发阴沉了：

"真的和你没关系？"

"那还用说。瞧你说的。"桐岛朗声回答，"莫非你觉得我有能力驾驭那个陡坡？"

"这我倒没想过。"

"对吧？情况你最清楚了。"

"嗯，对不起。"

不久，奈美便钻进被窝睡着了。桐岛给她盖上毯子，悄悄走出房间去泡温泉。

两人是在奈美打工的咖啡厅认识的。言语交流后，桐岛得知奈美是他所在大学的学生，只不过奈美是文学系的，在校园里两人没有任何交集。桐岛等奈美大学毕业，便向她求婚，奈美一口答应了。虽然奈美的父母不满意他俩的年龄差距，但桐岛表示有信心给奈美幸福。结婚两年，一切都很顺利。今年元月，两人决定在当年生一个宝宝。这时，片冈出现了。

去年，收费的大学生性爱派对引起社会关注。自由撰稿人片冈次郎努力收集这方面的信息，想找到参加派对的人员，全面掌握其状况。过程中，他留意到一个几年前参加过派对的女子。关注的理由，是因为他得知这个当年还在念大学的女子如今嫁给了某位教授。不用说，这名女子就是奈美，嫁的教授就是桐岛。

片冈找到桐岛，要跟他做交易——奈美的事情他保密，条件是一千万日元封口费。一千万日元也不是付不起，问题是付了钱也不能保证片冈不会再来勒索。最让桐岛难以忍受的是，奈美不堪的过往掌握在片冈这个卑鄙小人手里。

在计划这次旅行的时候，桐岛就决定要除掉片冈。他有一个连奈美也不知道的秘密，只要运用好它，嫌疑就不会落到自己头上，不料片冈竟然在窗玻璃上留下了文字，这一点让他头疼不已……

到了大浴场，浓浓的雾气中传来声音："桐岛先生。"

桐岛定睛一看，原来是作家。他泡在温泉里，身旁是总编。桐岛慢悠悠地把左脚伸进池水中。

"您的这第一次滑雪可真够呛啊。"作家说。

"还真是。幸亏我不会滑。如果我的身手像您几位,那还不得冤死?"

"说不定警察正在拼命调查您会不会滑雪呢。"

"尽管查就是了。要学会滑雪,怎么着也得在冰天雪地里训练上一阵子吧?熟悉我的人都知道,我可没那个闲工夫。"

"那咱们明天一起滑吧?肯定有进步。"

"没问题。只不过我怕会扫大家的兴。"

"别担心。这位总编说他腰疼,求我们行行好,明天去初学者的滑道。"

作家身旁的总编可怜巴巴地苦笑了一下。

"那就恭敬不如从命了。"桐岛回以微笑。

5

第二天早餐后,桐岛和奈美一同去存放滑雪用品的储物柜。这时作家等人已经准备停当,等着他俩。

"几位真早呀。"

"昨晚好像下了挺大的雪。我一心想着赶紧坐上吊厢去尝个鲜。"作家说。

"是这样啊。像我这样的菜鸟，恐怕体会不到新雪的妙处吧。"桐岛说着，从储物柜中取出自己的滑雪板。

桐岛走进滑雪场，尾随其他人朝吊厢走去，这时有人叫住了他——原来是第一天指导他滑雪的教练。

"是这样的。昨天警察找我谈话了。"教练压低声音，"他们问我桐岛先生您的身手怎么样。"

"哦——然后呢？"

"我说您是真正的初学者。起初他们有些怀疑，觉得您是装出来的。"

"教练您是怎么回应的？"

"干我们这一行，您是不是演戏我还是能看出来的。我说桐岛先生毫无疑问是初学者，他们总算是认可了。桐岛先生，我这么说没问题吧？"

"挺好挺好。您如实回答就行了。"

"是嘛。那就好那就好。"教练脸上浮现出欣慰的笑容。

乘坐吊厢期间，桐岛把刚才的事说给作家等人听，然后笑着说：

"警察果然还是在怀疑我。证明自己是菜鸟还真不容易。"

"一般情况下，没必要去证明嘛。"

"要证明自己是高手，就像冬野先生那样，亲自滑给他们看就行了。"

"话是这么说,问题是眼前这两位无论如何不肯为我作证呀。"作家瞥了一眼女编辑和总编。

"这个嘛……"总编干咳几声,"冬野先生如果有这个胆量,我们随时替您作证。"

"这话听着怎么那么别扭呢?"

"大学教授出差去外地的情况不多吧?"女编辑看着桐岛说。

"偶尔也会有。不过我几乎没有这种机会。"桐岛答道。

"难得也会有个几次吧?"

"有也是当天来回的。"桐岛说着,视线转向女编辑,"至少没有闲工夫去练习滑雪。"

"老公,你说什么呐?"奈美有些迷惑。

"高仲小姐怀疑我趁着去外地出差偷偷练习滑雪呢。"

"瞧您说的。"女编辑摆摆手。

"没事没事,我没有生气。我真的没有时间。我爱人最清楚了。"

奈美点点头说:"至少在和我结婚之后,冬季没有出过差。"

"冬季?"作家对这个词产生反应,"不是冬季的时候出过?"

"每年六月还是七月的时候,"奈美阴沉着脸,"去新潟县的大学做两个星期左右的特别讲座。是吧？"

桐岛接下妻子的话，微微点头：

"那儿有个和我搞共同研究的人，受他之托。"

"在新潟县？"作家若有所思。

"即便是在新潟县，六七月份也没有雪吧。再说教练也说了，即便假扮成初学者，内行人一眼就看出来了。"

"您说得没错。"

吊厢到达山顶，五人走进滑雪场，装备好滑雪板。

"开始吧。"作家开始在初学者滑道上滑行，编辑们也随之而去，奈美跟在他们身后，桐岛也开始滑了。他使出初学者常用的"落叶飘"技术，从平缓的斜坡上滑下，不时地摔倒，半道上看到作家等人和奈美正朝他看，随后慢悠悠地滑到他们身边。

"您滑得挺好呀。第一次滑雪有这个发挥，已经很不错了。"作家献上恭维。

"哎呀呀，我可是尽全力了。"桐岛开始冒汗了。

滑了两轮初学者滑道，第三次坐上吊厢时，总编提出要休息一下。

"腰疼严重？"作家问道。

"嗯，休息下，缓一缓。"

"那我们去上面的餐厅休息吧，我想抽支烟。桐岛先生，行吗？"

"我刚刚还在想是不是该休息了。"

"我还能再滑一阵。"女编辑说，"难得来一趟，我去A滑道。夫人您也来吧？"

"大叔们一边儿歇着去。我俩去吧。"奈美眯起眼。

到达山顶后，桐岛等人目送两位女士远去，走进餐厅，落座后草草点了一些东西吃。总编脱掉滑雪靴，手托腰部，痛苦地皱眉。

"有那么疼啊？"作家问道。

"对不起。我的老毛病。"

"真是的。亏你干得了总编。"

"完全两码子事嘛。"

这时，总编的手机响了。他接听后，脸色立刻变了：

"啊？你说什么？怎么会这样。"

"怎么了？"

"高仲打来的。说桐岛太太失踪了，可能滑出滑道了。"

"奈美失踪了？"桐岛不禁起身，"在哪儿？"

"只知道是A滑道的途中。高仲说她先滑下去，然后再乘吊厢上来。"

"滑出滑道可不是闹着玩的。树多，有的地方还露着岩石，太太有可能受伤了。我去看看，找不着的话再叫救援队。"作家说完便戴上护目镜，走出餐厅。

"我也得去！"桐岛站起身。

"可那是Ａ滑道啊。"总编说。

"一路滚也要滚下去。在这儿我待不住。"

桐岛说完戴上手套，出门装备滑雪板。确认冬野不在之后，他进入Ａ滑道，用"落叶飘"哧溜哧溜往下滑，寻找妻子的身影。当天是工作日，滑雪客不多，视野也不错。桐岛纳闷：这种状况下，怎么会滑出滑道呢？

这时他发现，滑道边线绳索一侧的地面上掉了一件红色的物体。他停住，然后缓缓靠近，捡起来。是奈美的帽子。帽子一旁的地面上有明显的滑雪痕迹，向山下延伸。

"奈美！"

他发了疯似的从绳索下钻过，沿着滑雪痕迹朝山下冲去。只见他右脚在前，开始在足足有四十度的斜坡上滑行……没过多久，眼前便出现了人影，看滑雪服的颜色，是奈美没错。她倒在雪地里。

"奈美！你没事吧？"

桐岛在奈美跟前急刹车，撤下滑雪板，像在新雪中游泳似的划到爱人身边。这时奈美回过头来。

"太好了，你没事……"

桐岛松了一口气，这时他忽然发现眼前的女子并非奈美,而是女编辑。

"对不起。"女编辑对目瞪口呆的桐岛说,"我们欺骗了您。您太太在下面等您。"

"啊?为什么要这么做?"

桐岛话音未落,身后传来人的动静。回头看去,只见作家正往下滑。

"桐岛先生,好身手啊。"作家说,"您果然是右脚在前的 Goofy 站姿啊。为了假扮成初学者,故意采用左脚在前的 Regular 站姿。"

桐岛这才醒悟:这一切都是圈套,目的是摸透他的身手。作家说得没错,桐岛惯用左脚。许多滑手采用左脚在前的 Regular 站姿,而他则采用右脚在前的 Goofy 站姿。他在谋划这次杀人时,决定假扮成初学者,所以故意用相反的站姿来滑雪。只有一次——他在杀害片冈后,全速从 A 滑道上滑下来的时候,用的是 Goofy 站姿。

"你怎么发现我是 Goofy 的?"桐岛问作家。

"是高仲想到这种可能性的。一个 Goofy 滑手,为了假扮成初学者,故意用 Regular 站姿。后来我在温泉看见您先迈左脚,心里就有数了,这种情况,一般来说是先迈右脚的。您如果是 Regular 滑手,应该先迈右脚才对。"

"原来是在泡温泉的时候……"桐岛低下头。

"您是在月山练的滑雪吧?"女编辑发问。

"是的。"

"果不其然。那儿距离新潟近,7月份的时候也能滑雪。"

"奈美应该不知道我会滑雪。我一直向她保密,打算将来在滑雪场露一手吓吓她。这次也是自然而然地想到了这个主意。遇见各位,算我倒霉。"

"我们没有要报警的意思。"作家说,"如果这起案件从此成为不解之谜,我打算把您的这一招当做素材写进小说里。"

"这部小说一定要在我们社出!"女编辑当即约稿。

桐岛听了笑了笑,说:

"我自首。拿我当小说素材,还是免了吧。"

"那太可惜了。"

作家说完,便慢悠悠地滑起来了。